William Shakespeare

Otelo
O mouro de Veneza

Tradução e adaptação em português de
Hildegard Feist

Ilustrações de
Rogério Borges

Gerência editorial
Sâmia Rios
Responsabilidade editorial
Mauro Aristides
Edição
Cristina Carletti
Editora assistente
Suely Mendes Brazão
Preparação
Márcia Copola
Revisão
Gerson Ferracini, Maria Beatriz Pacca, Claudia Virgilio, Rosalina Siqueira, Ricardo Abílio da Silva e Thiago Barbalho
Programação visual de capa
Didier D. C. Dias de Moraes
Diagramação
Mauro Forte de Lucca

editora scipione

Avenida das Nações Unidas, 7 221
CEP 05425-902 – São Paulo – SP
ATENDIMENTO AO CLIENTE
Tel.: 4003-3061
www.scipione.com.br
e-mail: atendimento@scipione.com.br

2022
ISBN 978-85-262-8378-7 – AL
ISBN 978-85-262-8379-4 – PR
Cód. do livro CL: 738017
CAE: 263296
14.ª EDIÇÃO
10.ª impressão
Impressão e acabamento
Edições Loyola

Traduzido e adaptado de *Othelo*, em *The complete works of William Shakespeare*. Garden City (EUA): Doubleday, 1968.

• ◉ •

Ao comprar um livro, você remunera e reconhece o trabalho do autor e de muitos outros profissionais envolvidos na produção e comercialização das obras: editores, revisores, diagramadores, ilustradores, gráficos, divulgadores, distribuidores, livreiros, entre outros.
Ajude-nos a combater a cópia ilegal! Ela gera desemprego, prejudica a difusão da cultura e encarece os livros que você compra.

• ◉ •

Dados Internacionais de Catalogação na Publicação (CIP)
(Câmara Brasileira do Livro, SP, Brasil)

Shakespeare, William, 1564-1616.
Otelo, o mouro de Veneza / William Shakespeare; adaptação em português de Hildegard Feist. – São Paulo: Scipione, 1997. (Série Reencontro literatura)

1. Literatura infantojuvenil I. Feist, Hildegard II. Título. III. Série.

97-0014   CDD-028.5

Índices para catálogo sistemático:
1. Literatura infantojuvenil   028.5
2. Literatura juvenil   028.5

Este livro foi composto em ITC Stone Serif e Frutiger e impresso em papel Offset 75g/m².

SUMÁRIO

Quem foi William Shakespeare? 5
Capítulo I – Frustração e vingança 8
Capítulo II – A fuga 12
Capítulo III – Revelação mentirosa 15
Capítulo IV – A reunião do conselho 18
Capítulo V – Uma história de amor 24
Capítulo VI – Um esclarecimento 32
Capítulo VII – A semente do mal 35
Capítulo VIII – Recordações 41
Capítulo IX – A batalha no mar 49
Capítulo X – Uma surpresa 53
Capítulo XI – Prepara-se uma festa 57
Capítulo XII – A armadilha 60
Capítulo XIII – Trama diabólica 68
Capítulo XIV – "Cuidado com ela, general!" 72
Capítulo XV – Sinistra ameaça 77
Capítulo XVI – Delírio 82
Capítulo XVII – Falsa prova 87
Capítulo XVIII – A grande intriga 91
Capítulo XIX – Uma carta apócrifa 96
Capítulo XX – Mau pressentimento 100
Capítulo XXI – Ciúme fatal 103
Quem é Hildegard Feist? 112

QUEM FOI WILLIAM SHAKESPEARE?

No verão de 1587, um rapaz interiorano andava pelas ruas de Londres. Tinha consigo apenas algumas libras, mas finalmente encontrava-se no ambiente propício para desenvolver a sua vocação – a literatura.

A capital inglesa havia sido, por muito tempo, apenas um sonho para William Shakespeare. Nascido em 1564 em Stratford-upon-Avon, gozou de uma vida abastada até os 12 anos. A partir de então, com a falência do seu pai, viu-se obrigado a trocar os estudos pelo trabalho árduo, passando a contribuir para o sustento da família. Guardava, entretanto, os conhecimentos adquiridos na escola elementar, onde havia iniciado seus estudos de inglês, grego e latim; por sua própria conta, continuou a ler os autores clássicos, poemas, novelas e crônicas históricas. Era também um profundo conhecedor da Bíblia.

Aos 18 anos já estava casado com a rica Anna Hathaway, com quem teve três filhos. Não se sabe ao certo por que motivo seguiu sozinho para Londres, quando contava 23 anos; o fato é que veio a tornar-se a figura mais expressiva da literatura inglesa. Foi o maior poeta e dramaturgo do Renascimento de seu país.

De maneira bem simples, podemos definir o Renascimento como a retomada da cultura da Antiguidade clássica, baseada na valorização de todas as capacidades do homem e no estudo e conhecimento da natureza, que se desencadeou em vários países da Europa nos séculos XIV, XV e XVI, reformulando as artes, as letras e as ciências. Esses princípios eram bem diferentes daqueles que nortearam a cultura medieval, centralizada na adoração a Deus e no estudo exclusivo dos livros sagrados e dos assuntos espirituais.

Vários foram os fatores que determinaram esse processo: a centralização do poder na figura dos reis, que estimulavam a produção artística esperando obter dessa forma uma promoção pessoal; o desenvolvimento do comércio e das cidades; e o enriquecimento dos comerciantes, que passaram a pagar para que artistas e literatos produzissem obras que divulgassem os valores dessa classe em ascensão.

Tal efervescência cultural era bastante acentuada em Londres, onde se desenvolvia uma intensa atividade teatral. As peças, além de serem encenadas, eram também impressas em livros e folhetins, os quais eram rapidamente consumidos pelo público. Assim, as companhias eram obrigadas a renovar seus repertórios com frequência, encomendando peças inéditas aos autores da época.

Shakespeare iniciou sua carreira como ator, na companhia teatral do Conde de Leicester. Pouco tempo depois, passou a dedicar-se à adaptação de textos alheios para o palco. O sucesso obtido nessa atividade levou-o a escrever suas próprias peças – a primeira delas foi o drama histórico *Henrique IV*, em 1591.

Nos dez anos seguintes, Shakespeare – agora com sua companhia teatral – escreveu 15 peças, quase todas comédias leves e dramas históricos ou sentimentais, como *Sonho de uma noite de verão*, *A megera domada*, *Muito barulho por nada*, *Ricardo III* e *Romeu e Julieta*. A partir de 1601, durante um período de recolhimento e meditação, elaborou a maior parte de suas tragédias, como *Otelo*, *Hamlet*, *Rei Lear* e *Macbeth* – esta é considerada, por alguns críticos, como sua "fase sombria".

Otelo, escrita entre 1602 e 1604, é baseada na novela *Il moro di Venezia*, do italiano Giraldi Cinthio, incluída em sua obra *Hecatommithi* (que significa "cem mitos"). Esse drama passional contina certos aspectos que seduziram Shakespeare: o contraste entre a realidade e as aparências; o ciúme injustificado; a união de uma mulher branca com um mouro, situação singular para a época e, por isso mesmo, repleta de possibilidades dramáticas; e a tragédia implícita na atitude de um homem que destrói o objeto do seu amor. O dramaturgo inglês seguiu de perto a novela em que se baseou, fazendo, contudo, algumas modificações: atribuiu ao mouro um caráter mais nobre e refinado, e também uma função de destaque em Veneza; aumentou a importância de Emília na trama; acentuou a malignidade de Iago; criou novos personagens e eliminou outros. Existem controvérsias quanto à versão definitiva do texto; assim, ainda hoje certas passagens são interpretadas de modo diferente.

Depois desse período, Shakespeare escreveu ainda outras comédias e dramas. Mas a nova fase não foi muito duradoura: aos 46 anos voltou a Stratford-upon-Avon, onde escreveu ainda uma outra obra-prima – *Henrique VIII*. Morreu em 1616, em sua cidade natal.

Uma observação final: uma peça de teatro é melhor apreciada quando encenada, e não lida pelo público. Assim, nesta adaptação o texto original foi transposto para a forma de narrativa, de modo a facilitar a compreensão da obra e tornar sua leitura mais fluente.

Capítulo I
Frustração e vingança

Entardecia. Um clarão avermelhado cobria o céu e tingia as águas mansas do golfo de Veneza, no norte da Itália. Abarrotadas de tecidos, joias e especiarias do Oriente, quatro galeras preparavam-se para atracar no porto principal da República Veneziana. Antes mesmo que a proa das embarcações encostasse na amurada do cais, os capitães já gritavam ordens aos marujos para retirarem as preciosas cargas que, naquele distante final do século XV, ainda constituíam a principal riqueza daquele Estado.

Movimentando-se com incrível rapidez, homens fortes e suados colocavam nos ombros os fardos enormes, embrulhados com lona, e transportavam-nos para terra firme. Outros carregadores, não menos robustos e ágeis, apanhavam as mercadorias e levavam-nas para as numerosas gôndolas que aguardavam pouco mais adiante.

Minutos depois, os primeiros volumes começavam a ser conduzidos através das dezenas de canais que, já naquela época, interligavam as ilhas componentes de Veneza. Seu destino: as lojas dos grandes mercadores, de onde partiriam para os quatro cantos da Europa.

Alheio ao lento deslizar das gôndolas repletas de tesouros, um homem alto e moreno, chamado Iago, caminhava à margem do Grande Canal, a via mais movimentada da cidade. Seu rosto sombrio indicava que maus pensamentos o dominavam. De fato, vinha remoendo frustração e sonhando com vingança.

Havia anos era alferes – ou segundo-tenente – do general Otelo, um mouro proveniente do norte da África que, com sua coragem, logo conquistara o respeito e a admiração de todos, firmando-se como o mais brilhante militar de Veneza. Iago não gostava de receber ordens daquele estrangeiro, mas não via outra saída: como soldado, precisava curvar-se à hierarquia; como homem de poucas posses, só lucrava servindo a Otelo, pois isso lhe dava crédito junto aos mercadores. Era vantajoso ser alferes do notável general, porém Iago queria mais: desejava ser o primeiro-tenente, o braço direito de Otelo. Então, sim, a sociedade veneziana o receberia de braços abertos e os banqueiros poriam à sua disposição os cofres cheios de moedas de ouro. Talvez até o doge, chefe supremo da República, o convidasse a participar das festas oficiais e, quem sabe, chegasse mesmo a colocá-lo no lugar do mouro.

Durante muito tempo, essa pretensão tinha sido absurda, pois o ambicionado cargo de tenente era preenchido por um velho amigo do general. Mas agora que esse homem havia morrido, Iago parecia ser seu sucessor natural: Otelo confiava nele, admirava-o, estimava-o. Era tudo o que bastava para conseguir tal posto. Mesmo assim, o alferes achara mais prudente pedir a dois prestigiados mercadores que intercedessem em seu favor. Estes, todavia, de nada lhe valeram: o mouro simplesmente os despachara, dizendo que a escolha já estava feita.

De fato, Otelo havia decidido promover a tenente o jovem Cássio, um matemático de Florença que, na opinião de Iago, só sabia mesmo fazer cálculos e correr atrás de moças.

– Cássio! Grande escolha! – resmungou o alferes, enquanto caminhava naquela tarde, irritado com a própria recordação dos fatos. – Um soldado como qualquer outro... Nunca mostrou talento especial para a guerra. Nunca se destacou em combate. Nunca fez o que eu já fiz!

As pessoas que passavam olhavam para Iago, com curiosidade: era estranho ver aquele homem alto e sério, impecavelmente fardado, falar assim, sozinho, pela rua, como um bêbado sem juízo. Mas o alferes nem percebia o espanto que causava, tão mergulhado estava em seu problema. Não conseguia engolir o que considerava uma ofensa imperdoável. Afinal, sempre havia dado provas de coragem e lealdade. Jamais fugira ao dever. Muitas vezes, arriscara a vida pela glória de Veneza. E, em mais de uma ocasião, chegara a salvar Otelo do golpe fatal de uma espada inimiga. Agora, sentia-se passado para trás – logo agora, que faltava um único passo para subir quilômetros não só na hierarquia militar, como também na própria escala social. Ser o tenente do general mais prestigiado da República Veneziana! Sonhara tanto com isso... E Cássio fora o escolhido.

– Ah, aquele maldito mouro me paga! – Iago murmurou entre dentes, levantando o punho cerrado para o céu já escuro.

Alguns homens que saíam de uma oficina viram seu gesto e começaram a rir às gargalhadas. O alferes, furioso, preparou-se para revidar. Porém, sempre muito esperto, achou que não devia desperdiçar energia numa briga inútil – da qual, aliás, sairia derrotado. Preferiu, assim, fingir que não ouvira as caçoadas e enveredou rapidamente por uma ruela lateral, que desembocava bem em frente a uma taberna. Cansado de andar, resolveu entrar ali e tomar um trago de vinho: talvez a bebida lhe inspirasse uma boa vingança.

Matar o mouro estava fora de cogitação: apesar de toda a sua bravura e habilidade, Iago jamais poderia realizar essa façanha. E, se por acaso a realizasse, seria enforcado no minuto seguinte, com toda a certeza. O jeito seria envolver o general em alguma intriga que o fizesse perder o posto e arruinar-se para sempre. Mas que intriga poderia ser essa? Otelo era tão digno, tão íntegro; parecia impossível enredá-lo em qualquer tipo de trama.

– Só se o diabo me inspirasse... – suspirou Iago, desacorçoado.

Nesse momento, dois homens ofegantes entraram na taberna e sentaram-se à mesa vizinha. Eram empregados do senador Brabâncio, um dos mais ricos e respeitados comerciantes de Veneza, mas o alferes não os conhecia e nem lhes deu atenção.

– Traga vinho – ordenou um deles ao taberneiro, que se aproximava enxugando as mãos no avental imundo. – Trabalhamos como escravos, carregando as mercadorias que chegaram do Oriente. Agora precisamos de uma compensação.

– Que nada... A compensação virá amanhã – corrigiu o segundo recém-chegado. – Lembre-se de que Brabâncio nos prometeu uma boa gratificação se empilhássemos todos os fardos ainda hoje.

Ao ouvir o nome do senador, Iago estremeceu. Um brilho de maldade irradiou-se de suas pupilas e iluminou-lhe o rosto todo.

"Brabâncio... Obrigado, Satanás...", pensou e, deixando algumas moedas sobre a mesa, saiu apressadamente.

Capítulo II
A fuga

Sozinho em seu depósito, o velho Brabâncio acabara de contar o último fardo empilhado pelos homens e sorria, satisfeito. Agora podia dormir em paz. Era sempre assim: toda vez que esperava um carregamento do Oriente, ficava com o coração aos saltos, pois o mar estava cheio de perigos. Se as tempestades não afundavam as galeras, como se fossem barquinhos de papel, eram os piratas que as assaltavam, matando os tripulantes e roubando os preciosos produtos. E havia ainda os turcos, que, em sua expansão pelo mundo, procuravam minar cada vez mais o já decadente poderio da República Veneziana. Naquele dia mesmo tinham circulado notícias de que eles planejavam atacar a ilha de Chipre, a maior possessão de Veneza no Mediterrâneo oriental.

Brabâncio pegou sua lâmpada, olhou mais uma vez para as mercadorias cuidadosamente armazenadas e saiu do depósito. Trancou a porta com vários ferrolhos e cadeados e subiu a escada que levava à sua habitação, na parte superior do prédio. Vivia com alguns criados e sua filha Desdêmona, moça muito bonita e inteligente, que lhe proporcionava grande felicidade e profunda preocupação. Era preciso casá-la com um homem de bem, talvez um mercador tão rico quanto ele próprio, ou um político que ocupasse um cargo semelhante ao seu. Na verdade, havia muitos nessas condições que assediavam a jovem com presentes e poemas, porém Desdêmona os tratava com indiferença. Brabâncio ficava ao mesmo tempo contente – pois não queria separar-se da filha – e inquieto – pois não desejava morrer sem deixá-la entregue a um marido que a protegesse, já que, naquela época, as mulheres praticamente nada faziam sem um homem a seu lado.

O velho acabou de subir a escada e fechou com igual cuidado uma segunda porta; depois de atravessar um pequeno corredor, entrou no salão onde costumava receber os visitantes. Atirou-se então numa poltrona de veludo e procurou relaxar. Seus olhos cansados passeavam, lentos, pelo aposento. Detinham-se um pouco nas belas tapeçarias francesas e nos grandes painéis, pintados por mestres venezianos, que adornavam as paredes. Examinavam, com orgulho, as peças de prata que, buriladas especialmente para ele por artesãos da Espanha, agora estavam expostas sobre sólidos móveis encomendados às oficinas do Tirol. Deleitavam-se com os desenhos caprichosos que compunham os enormes tapetes asiáticos estendidos sobre o assoalho de madeira marchetada. Percorriam o teto altíssimo, onde vigas de um marrom quase negro sustentavam placas de mogno avermelhado: uma obra perfeita de carpintaria.

A contemplação de seu conforto luxuoso, adquirido pelo trabalho honesto e constante, contribuiu para eliminar os últimos vestígios de tensão. Brabâncio levantou-se e, com gestos lentos, rumou para o quarto. Antes porém de recolher-se, passou pelo dormitório da filha, a fim de dar-lhe o costumeiro beijo de boa-noite.

Foi então que sua paz de espírito esvaneceu-se como a chama de uma vela bruscamente soprada pelo vento. O quarto estava vazio. A cama intata. As janelas escancaradas.

– Desdêmona! Desdêmona! – chamava o velho, correndo pelo palacete à procura da filha.

Alertados por seus gritos, os criados largaram o que faziam e foram para o salão. Alguns, que já se haviam deitado, vinham abotoando a camisa ou amarrando o cós da saia, postas às pressas.

– Desdêmona... ela... ela... sumiu – informou o senador, quase sem fôlego. – Procurem-na, andem, procurem-na!

Enquanto uma velha ama tentava acalmá-lo, fazendo-o tomar um gole de licor, os outros serviçais correram a vasculhar cada cômodo, cada desvão, cada recanto da casa e do jardim. Não encontrando traço da moça, voltaram ao salão para receber novas ordens. Nesse instante, bateram à porta. Um lacaio desceu a escadaria com cinco saltos, esperançoso de que fosse a própria Desdêmona, ou, no mínimo, alguém trazendo notícias dela.

– Oh, senhor Iago – disse, meio desapontado, ao abrir a porta. – Chega em má hora.

– O que aconteceu?

– A senhorita Desdêmona... ela desapareceu. Não temos a menor ideia de onde...

– Pois eu tenho – interrompeu Iago, com um sutil sorriso triunfante.

– Sim? – o criado estava ansioso. – Então venha logo contar ao patrão. Coitado, ele está desesperado...

Capítulo III
Revelação mentirosa

Iago dissera a verdade: tinha apenas uma ideia de onde Desdêmona poderia estar, mas nenhuma certeza.

Fazia tempo que vinha notando uma certa mudança no comportamento de seu comandante. Ao retornar de qualquer missão, Otelo parecia eufórico e impaciente para livrar-se logo das saudações governamentais e populares e voltar para casa. Curioso e atento como sempre, Iago passara a segui-lo, como uma sombra maligna. Assim, o alferes não teve dificuldade em descobrir que ele, invariavelmente, ia rondar a suntuosa residência de Desdêmona, tarde da noite, quando todos dormiam. Jogava uma pedrinha que apenas roçava a janela, e logo a moça aparecia, os longos cabelos loiros soltos sobre os ombros delicados, o rosto sorridente mal se mostrando à luz da lua. Talvez cochichassem algo, talvez ficassem somente se olhando – Iago não sabia. O fato é que permaneciam ali bastante tempo, enlevados um com o outro.

Uma noite, desafiando as regras do pudor, Desdêmona descera à rua e, após pequena hesitação, atirara-se nos braços do mouro. De seu esconderijo, Iago não podia ouvir o que diziam, mas seria capaz de jurar que se declaravam amor. As cabeças muito juntas indicavam beijos prolongados e, quando se afastavam um pouco, sugeriam muda contemplação recíproca ou densas palavras de paixão. Cada noite eles se demoravam mais no temerário namoro. Cada noite seus abraços pareciam mais estreitos, e seus beijos, mais longos.

Testemunha indevida desses encontros clandestinos, Iago pretendia, ao sair da taberna, colocar Brabâncio de sobreaviso, tornando-o cúmplice indireto – ou talvez até mesmo executor – de sua vingança pessoal. Sabia que o velho, orgulhoso de sua alta estirpe, não aceitaria imaginar a filha sequer perto do general. Desdêmona, pouco mais que uma adolescente, professava o catolicismo; era refinada, bela e doce. Otelo, beirando os quarenta anos, era um estrangeiro pagão; exercia o duro ofício da guerra e tinha a pele escura demais para ser acolhido naquela família aristocrática. Brabâncio, tal qual outros venezianos importantes, respeitava e bajulava o mouro como guardião da República, mas o desprezava como homem. E, por isso, ficaria furioso quando soubesse que ele cortejava sua filha. Claro que Iago não tinha a menor intenção de contar-lhe que Desdêmona correspondia àquela paixão com bastante fervor.

Agora, ao informar-se do desaparecimento da jovem, Iago tinha uma ideia ainda mais eficaz para realizar seus planos diabólicos: diria ao senador que Desdêmona fora raptada por Otelo. Quem poderia desmenti-lo? Ninguém mais presenciara os encontros dos dois.

– Patrão! Patrão! – gritava o criado, enquanto subia a escada. – Está aqui o senhor Iago. Ele sabe onde se encontra a senhorita.

O mercador correu para a entrada do salão, onde Iago já aparecia.

– O senhor sabe? – perguntou, pálido de expectativa. – Então diga, senhor alferes, diga logo, por favor.

– Sim, mas... – Iago olhou em volta, com ar de mistério. – Acho que o senhor preferiria que ninguém nos ouvisse.

Embora não compreendesse o motivo de tal atitude, Brabâncio imediatamente ordenou aos criados que se retirassem. Assim que ficou sozinho com seu anfitrião, Iago tomou-o pelo braço e conduziu-o para a poltrona; depois, acomodou-se numa banqueta à sua frente e começou a destilar seu veneno:

– O senhor desconhece certos fatos que vêm ocorrendo há vários meses... pelo menos desde que... eu sei.

– Sim? Referem-se à minha filha?

– À sua filha e... ao general Otelo.

– Como? – o velho pulou da poltrona com surpreendente agilidade.
– Sente-se e ouça-me, caro senhor – apaziguou-o o alferes, com voz mansa. – Como sabe, nosso grande guerreiro é muito ocupado, nunca teve tempo para...
– As ocupações desse homem não me interessam – interrompeu o senador, no auge da aflição. – Quero saber de Desdêmona.
– Calma, o senhor já vai saber, basta me escutar. Então, como eu ia dizendo – continuou Iago, sem se perturbar –, nosso general nunca teve tempo para cortejar moças e arranjar uma esposa... se é que iria encontrar alguma louca disposta a dar-lhe a mão. Afinal, apesar de todo o seu prestígio, ele não acumulou riquezas nem deixou de ser escuro e pagão. Assim, sem tempo e sem atrativos para conseguir um bom casamento, resolveu apoderar-se de uma mulher recorrendo à força.
– O que quer dizer?
– Quero dizer que o bravo comandante raptou Desdêmona – disparou Iago num fôlego só.
– Não é possível!
Mesmo em sua angústia, Brabâncio, habituado às lides, do comércio e da política, era capaz de raciocinar com um mínimo de clareza:
– Ele nunca viu minha filha! E, admitindo-se que a tivesse visto, talvez em alguma comemoração, não sei, como a levaria daqui? Como arrombaria as portas tão bem trancadas? Não, não... Faria muito barulho, os criados acudiriam os vizinhos sairiam às janelas. Um general, ainda que mouro, não arriscaria sua reputação agindo como um delinquente.
– O senhor não imagina do que Otelo é capaz. Ele pode ter mandado dois ou três de seus soldados entrar pela sacada do quarto da pobrezinha, amordaçá-la e carregá-la sem alarde. Ou pode ter subornado algum lacaio para que a adormecesse com uma poção mágica. Os mouros são versados em feitiçaria...

O mercador segurou a cabeça entre as mãos, acabrunhado e perplexo; após alguns instantes, porém, como se tivesse encontrado um caminho e uma força, ergueu-se e rumou para a porta, tropeçando nos próprios pés.

– Vou atrás dele – anunciou.

– Não, senhor, não faça isso! – Iago aproximou-se e estendeu a mão, como se fosse segurá-lo, mas não o tocou.

– É só o que me cabe fazer – declarou o velho.

E, sem esperar argumentos que procurassem dissuadi-lo de seu objetivo, saiu, chamando três ou quatro criados, que logo se armaram e o seguiram à casa de Otelo.

– Vá – resmungou Iago, descendo pouco depois. – Vá! Que o diabo o acompanhe e carregue sua alma! De que lhe vale uma escolta de lacaios assustados, sem prática na arte de lutar? Com um só golpe de espada, o general dará cabo de todos. E é isso mesmo o que desejo, pois a cidade inteira esquecerá os triunfos do mouro e o apedrejará em praça pública. Ninguém o perdoará! Brabâncio defende uma causa mais do que justa. Desdêmona, doce donzela, será a vítima inocente. Otelo será, sem dúvida, o vilão. E eu, que sei toda a verdade, calarei minha humilde boca. Tudo ficará então a meu favor...

Capítulo IV

A reunião do conselho

Era noite fechada quando Brabâncio se acomodou na gôndola, com sua reduzida escolta de criados. Nas mãos enrugadas, levava apenas um pequeno punhal, que apanhara às pressas, e o tremor provocado pela raiva. Tanto vigiara a filha, tanto procurara mantê-la afastada de maus partidos, e agora justamente o pior de todos, o mouro pagão, carregava-a à força. Não podia ser mais horrível para o senador.

– Depressa! – gritou ele para os criados, que já remavam com toda a força que tinham.

– Calma, patrão – retrucou um deles, sentado a seu lado. – Em breve chegaremos lá.

– Breve... Nada pode ser breve quando se sofre – o mercador filosofou, quase chorando de aflição. – Minha pobre menina, nas mãos daquele selvagem... Cada segundo é um século...

– Nós vamos salvá-la – insistiu o criado, tentando evitar que o patrão tivesse um colapso, pois o velho parecia prestes a desmaiar.

– Sim, Deus há de nos ajudar – Brabâncio concordou, esforçando-se para recuperar um pouco de calma. – Aquele mouro maldito está com os minutos contados.

Desta vez o criado ficou quieto: conhecendo, como todos, a fama de Otelo, tinha certeza de que Brabâncio é que estava com os minutos contados. Sentiu muita pena do velho, porém não a ponto de arriscar-se para ajudá-lo a vencer uma causa perdida. Na verdade, seu plano era evitar encrencas. Tudo o que pretendia fazer era levar Brabâncio, vivo e inteiro, até a casa de Otelo e depois safar-se o mais depressa possível, antes que o general percebesse sua presença. E supunha que seus companheiros estivessem planejando o mesmo. Brabâncio era bom patrão, pagava salário justo, providenciava comida e alojamento decentes para todos, mas, que diabo, não era seu parente e não tinha estabelecido grandes laços de afeição com nenhum dos serviçais. "Coitado", pensou, olhando-o pelo canto do olho. "Tanta pressa para encontrar a morte..."

A gôndola avançava rapidamente pelo canal, entre paredões cobertos de limo, tão próximos um do outro que os remadores precisavam agir com cuidado para não raspá-los com a ponta dos remos. A embarcação virou à esquerda e os sons de uma cantoria chegaram aos ouvidos de seus ocupantes. Deviam ser os carregadores do porto que comemoravam na taberna,

com grandes canecas de vinho, o fim da jornada de trabalho. A gôndola deslizou mais alguns metros, aproximando-se dos sons, e encostou no embarcadouro. Antes mesmo que os criados a amarrassem, Brabâncio levantou-se e, da maneira como lhe permitiam as pernas fracas, saltou para terra firme. Atravessou uma praça, onde a taberna iluminada mostrava as silhuetas dos fregueses com canecas nas mãos, entrou numa ruazinha lateral e parou diante de uma casa modesta, com um lampião pendurado sobre a porta. O resto da moradia estava completamente às escuras. Brabâncio bateu várias vezes, até que um moço sonolento o atendeu.
– Onde ele está? – o velho avançou pela casa.
– Quem? – perguntou o lacaio, acordando de uma vez ao ver o outro tão nervoso e decidido; alguma coisa lhe dizia que as intenções do senador não eram boas.
– Otelo, ora! Quem mais? Otelo! – explicou Brabâncio, vermelho de raiva, resfolegando como um cavalo após uma corrida e olhando para todos os cantos da sala escura.
– Meu general saiu – o criado respondeu. – Foi chamado ao Conselho.
– Cons... Conselho?
– Sim. E acho esquisito o senhor não estar lá. Todos os generais e senadores foram chamados.
Brabâncio ficou ainda algum tempo olhando, abobalhado, para o homem. Parecia que o outro falava uma língua estranha, de que ele mal conseguia intuir o sentido das palavras. Então, como se finalmente tivesse encontrado uma luz, deu meia-volta e correu para a praça. Cruzou-a inteira, indiferente à cantoria dos bêbados na taberna, atravessou a ponte que levava à ilha maior, chamada Giudecca, enveredou por uma série de ruelas, cortando caminho, quase atropelando os gatos rajados que perseguiam as ratazanas entre cascas de frutas e restos de comida, e chegou à imensa praça de São Marcos.
A lua tingia de azul a cúpula da suntuosa catedral que adornava o principal lugar público de Veneza. A seu lado, o

palácio dos doges, com suas arcadas de colunas esbeltas e ornamentos rendilhados, parecia contemplar a praça e o mar, orgulhoso de ser a sede do poder. Altivamente postado sobre o obelisco de granito, o leão alado, símbolo e guardião da República Veneziana, projetava leve sombra sobre o piso de mármore.

Brabâncio, contudo, estava nervoso demais para prestar atenção nas belezas arquitetônicas que enfeitavam o coração da cidade. Percorreu velozmente a praça e entrou no palácio. Os guardas afastaram as armas para deixá-lo passar e saudaram-no com ligeiro aceno de cabeça. Ofegante, o senador cruzou o pátio interno, subiu a escada e rumou para o salão do Conselho.

Todos os senadores encontravam-se sentados em semicírculo, junto aos generais e seus tenentes. Na parte aberta da meia-lua, numa poltrona alta e isolada, acomodava-se o doge.

– Finalmente, caro Brabâncio – disse o chefe da República, o evidente tom de crítica desmentindo o adjetivo afetuoso.

– Receávamos que não viesse mais. O mensageiro informou que não conseguiu falar-lhe.

– Me... meu... se... se... senhor... – o velho gaguejou e calou-se, incapaz de prosseguir.

Brabâncio lembrava-se vagamente de que, ao sair de casa, um criado tentara dizer-lhe que um emissário do palácio o procurava, com uma mensagem, mas empurrara o serviçal e correra para a gôndola. Estava tão preocupado com seu próprio problema que nem lhe ocorrera pensar em sua responsabilidade de homem público.

– Então? – insistiu o doge, irritado. – O que tem a nos dizer como desculpa?

Todos os olhares cravavam-se em Brabâncio, que, em cada um, leu desaprovação e censura. A República estava em perigo e um de seus senadores dava-se ao luxo de não comparecer a uma reunião de emergência. O que pode haver de mais importante para um político que seu dever para com o Estado e o povo, do qual é representante?

O velho procurou respirar fundo, porém o fôlego, diminuído pela caminhada e pela angústia, não permitiu. No entanto, já raciocinava com um pouco mais de clareza e compreendia sua falha. Não sabia ainda por que seus pares estavam ali congregados, tão sisudos, porém suspeitava de que o motivo tinha alguma relação com os rumores da iminente investida turca contra Chipre. Dificilmente outro assunto, naqueles dias, faria o doge convocar uma reunião tão tarde da noite.

– Perdão, Excelência. Perdão, senhores – começou Brabâncio. – Todos sabem que nunca falhei em meus deveres e que sempre me orgulhei disso. Assim, em nome de um passado sem manchas, espero que me desculpem agora, pois estou vivendo um momento difícil...

Parecia que toda a sua capacidade de discursar terminava ali, pois sua voz já traía a forte emoção que o dominava.

O doge, os senadores, os generais aguardavam em silêncio. Já não havia crítica em seus olhares, mas curiosidade e, em alguns, compaixão. Na verdade, cada um fazia um rápido exame de sua atuação e todos, do mais jovem ao mais velho, do mais novato ao mais experiente, descobriam que não podiam orgulhar-se de nunca terem faltado ao dever. Todos tinham pelo menos uma falha em suas fichas de homens públicos. Um faltara certa vez a um compromisso porque estava doente, outro porque tinha de resolver um grave problema familiar, outro ainda porque perdera um parente. Muitos já haviam se ausentado mais de uma vez, simplesmente porque estavam às voltas com credores, ou não queriam sair dos braços das amantes, ou tinham bebido demais na véspera e não conseguiram acordar a tempo.

– Acalme-se, bom Brabâncio – disse o doge, que, apesar do alto posto, também tinha algumas lacunas em sua longa história política. – Conte-nos o que aconteceu. Por que está assim aflito?

Entretanto, lembrando-se de repente do tema da reunião extraordinária, voltou-se para os outros:

– Senhores, creio que a questão de Chipre pode ser interrompida por alguns instantes, sem nos causar sérios prejuízos. O que acham?

– Sim, claro – responderam todos em coro, ansiosos para conhecer o que tanto angustiava o companheiro recém-chegado.

– Então, caro Brabâncio? – disse o doge, convidando-o a falar.

Antes que o velho pudesse responder, um dos senadores levantou-se e dirigiu-se a ele. Com um gesto carinhoso, pegou-o pelo braço e encaminhou-o para o assento que sempre ocupara nas reuniões; em seguida, retomou seu próprio lugar e aguardou, calado como os demais.

– Uma desgraça, Excelência... Uma desgraça... – Brabâncio segurou a cabeça com as mãos e murmurou em voz tão baixa que só seus vizinhos conseguiram ouvi-lo: – Minha filha... Desdêmona... foi raptada.

– Como? – espantaram-se os que tinham ouvido.
– O que foi que ele disse? – reclamaram os outros.

Pareceu então que a perturbação causada teve o efeito de devolver ao mercador boa parte da força e da dignidade perdidas, pois ele se levantou e, alto e claramente, repetiu:

– Minha filha Desdêmona foi raptada.

Um zum-zum percorreu o salão, como se dezenas de abelhas estivessem voando ao redor de uma única flor, mas logo se fez ouvir uma voz sonora e calma, com leve acento estrangeiro:

– Não, senhores, ela não foi raptada.

O silêncio instantaneamente voltou ao recinto. O olhar de Brabâncio correu na direção da voz: era o mouro que falava.

Capítulo V
Uma história de amor

O "soberbo guerreiro", como era chamado por todos, parecia mesmo merecer esse título. Quando se levantou, qualquer um juraria que ele seria capaz de tocar com as mãos a cabeça do leão alado no obelisco da praça, tão alto era. A farda austera, de tecido grosso, não conseguia esconder seu corpo esbelto e forte, de peito largo e pernas musculosas, que nada ficava a dever ao dos jovens atletas das antigas olimpíadas gregas. O intenso bronzeado denunciava não só a longa exposição ao sol, na proa das galeras e nos campos de batalha, mas também a raça de seus antepassados, misto de negros e nômades do deserto. Uma barba curta cobria-lhe parte do rosto, acentuando o perfil altivo e decidido. Os cabelos, muito pretos e encaracolados, entremeados de esparsos fios brancos, coroavam-lhe a cabeça orgulhosa e caíam levemente sobre a fronte limpa e a nuca erguida. Encimados por fartas sobrancelhas, os olhos escuros irradiavam um brilho que expressava firmeza e independência.

— Desdêmona não foi raptada — declarou Otelo mais uma vez. — Ela veio a mim por sua livre e espontânea vontade. E agora é minha esposa.

— Co... como? — gaguejou Brabâncio, que teria caído se dois colegas não tivessem corrido a tempo de sustentá-lo e reconduzi-lo ao seu assento.

O mouro deu alguns passos à frente, colocando-se no centro da meia-lua governamental, e explicou:

— Sabíamos que o senhor jamais consentiria em nosso casamento e, por isso, traçamos um plano. Como hoje o senhor receberia um grande carregamento do Oriente e estaria entretido durante muito tempo a conferir a mercadoria, Desdêmona aproveitou a oportunidade: saiu pela porta dos fundos e correu para o embarcadouro, onde minha gôndola a esperava. Foi então diretamente para a capela do Santo Óleo, onde eu a estava aguardando.

— Capela...? — um dos senadores, incrédulo, formulou a pergunta que, com certeza, andava na cabeça de todos.

— Sim. Na capela.

— Mas... — começou o mesmo senador, cada vez mais confuso.

–... um mouro pagão na capela? – Otelo completou. – Era isso que o senhor ia dizer? Os lábios carnudos separaram-se, mostrando os dentes muito brancos e bem dispostos.

– Não sou mais mouro, nem pagão! Otelo parecia cansado de lidar com preconceitos, embora demonstrasse compreender o medo, a insegurança e o comodismo que levam os homens a adotar ideias prontas, sem questionar.

– Desde que decidi casar com Desdêmona – continuou, sem alterar o tom da voz –, abracei o catolicismo e me fiz batizar, justamente na capela do Santo Óleo.

– Mas... renunciou à religião de seus antepassados? – quis saber um dos generais, atônito como todos os presentes.

– Deus é sempre o mesmo, creio eu, seja Ele adorado pelos cristãos, pelos muçulmanos, pelos judeus ou por quem quer que seja. Por isso, suponho que Ele não se importa se rezo na mesquita, na igreja ou em minha casa, sem alarde. Só muda o ritual...

– Mas... se pensa assim... então por que se fez batizar? – insistiu um outro general.

– Porque Desdêmona não tem exatamente a minha opinião. Ela é muito jovem, ingênua... Sentia-se meio culpada por amar um pagão.

E Otelo teve vontade de completar: "A juventude ainda é uma desculpa para o preconceito dela, mas os senhores, já com o pé na sepultura, que justificativa poderiam apresentar?".

Julgou, no entanto, que não era o momento de colocar em discussão um assunto tão grave, mesmo porque horas de debate não o esgotariam. Além disso, havia preparado um plano de emergência para solucionar rapidamente o caso. Assim, preferiu calar-se.

O salão estava tão silencioso que se podia ouvir a respiração de cada um dos presentes. Brabâncio continuava ofegante, o rosto vermelho de raiva, as mãos trêmulas esfregando-se uma na outra, molhadas de suor.

– Isso só pode ser feitiçaria – resmungou, lembrando-se das palavras insidiosas de Iago.

Mais uma vez Otelo sorriu, complacente e triste. Se fosse europeu e sempre tivesse sido católico – ou seja, se pertencesse realmente à sociedade em cujo meio vivia e pela qual lutava –, todos o considerariam um homem digno e não o acusariam de coisas tão absurdas como essa. As pessoas em geral têm muita dificuldade para aceitar o que é diferente delas: se parassem para pensar em que consiste essa diferença, descobririam que, na essência, todos são iguais e buscam a felicidade – o resto são aparências.

– Não, senhor, não é bruxaria. Não sou feiticeiro – retrucou Otelo, após algumas rápidas reflexões sobre a tolice dos homens –, mas parece que minha palavra não basta para provar isso. Peço licença ao senhor doge, aos ilustres senadores e a meus colegas generais para trazer a esta sala Desdêmona, minha esposa. Ela atestará o que digo.

Os senadores entreolharam-se, ainda sem entender bem o que estavam ouvindo, e fitaram o doge, à espera da palavra final.

– Creio que podemos nos estender um pouco mais sobre este assunto, até resolvê-lo de uma vez por todas. Afinal, há uma grave acusação de rapto e dois de nossos homens mais ilustres estão envolvidos. O que acham, senhores? – perguntou o doge, mais para cumprir uma formalidade do que para saber realmente a opinião dos outros, pois já havia decidido prosseguir a discussão.

– Sim... sim – responderam todos de uma vez.

– Muito bem, general, mande vir sua esposa.

Imediatamente, Otelo incumbiu Cássio, seu recém--nomeado tenente, de ir buscar Desdêmona. Assim que o jovem saiu, o general voltou-se para a assembleia e recomeçou:

– Enquanto minha mulher não chega, estou à disposição dos senhores para prestar-lhes quaisquer esclarecimentos que julguem necessários.

Um senador de barbas brancas e careca reluzente levantou a mão.

– Excelência – disse ele ao doge –, peço permissão para fazer uma pergunta ao general.
– Faça-a, Mercúcio, se for relevante – concedeu o chefe.
– Acredito que seja.
Mercúcio dirigiu-se então a Otelo:
– General, creio que seria bastante elucidativo se nos fizesse um breve resumo de... seu... quero dizer...
Um outro senador acudiu o colega, que se mostrava tão atrapalhado com as palavras, completando-lhe o pensamento, que já adivinhara sem esforço:
– ... um breve resumo de seu namoro com a senhorita... perdão, com a senhora Desdêmona.
– Exatamente – voltou o primeiro, já aliviado.
Era a primeira vez, em toda a sua longa vida política, que via o Conselho Supremo da República tratar de um caso amoroso. A situação parecia-lhe extravagante, mas apetitosa. Por isso, não queria perder um único detalhe.
– É isso... Pode nos contar como conheceu a senhora Desdêmona? E como fez para chegar ao casamento?
– Sim, posso, já que consideram esse fato tão importante para o meu julgamento.
Na verdade, Otelo não pretendia expor a ninguém a história de seu amor, mesmo porque suspeitava que o principal motivo das perguntas era a curiosidade e não o desejo sincero de esclarecer o caso. Mas diante do chefe supremo, naquela situação, era preciso responder:
– Conheci Desdêmona numa festa oficial que o doge teve a gentileza de me oferecer. Não lhe falei naquele dia nem nas semanas seguintes, pois precisei voltar para os combates em alto-mar. No entanto, assim que pude, procurei encontrá-la novamente.
– E conseguiu? – quis saber um general mais impaciente.
– Sim.
– Como? – perguntou Mercúcio, já meio aborrecido com o laconismo do mouro.

– Passei a circular pela praça no horário da missa e surpreendi-a saindo da igreja.
– E ela percebeu sua presença?
– Naturalmente.
– E como reagiu? – perguntou outro senador, interessadíssimo no caso.
– Bem, muito bem. Com simpatia.
– Mentira! – Brabâncio gritou. – Imagine se minha filha iria demonstrar simpatia por um guerreiro escuro, estrangeiro e pagão! Desdêmona, coitadinha, só pode ter ficado com medo...
– Não, senhor, ela nunca sentiu medo de mim. Nunca vi em seus olhos receio ou desprezo, como já vi nos olhos de muitas europeias das quais um dia ousei me aproximar.

Otelo deteve-se por um instante, enlevado com as lembranças, e num sussurro, como se falasse consigo mesmo, deixou escapar uma frase significativa:
– Isso me encantou mais do que sua beleza...

Quase arrependido de ter-se deixado conduzir pela emoção, ainda que por um instante, o mouro recomeçou a andar lentamente pelo centro do semicírculo. Apenas o ruído de suas botas no chão de mármore diferenciava a reunião de um silencioso velório. O doge, os senadores e os militares estavam perplexos: jamais tinham visto o "soberbo guerreiro" como um homem que pudesse amar e encantar-se. E ali estava ele, mostrando a todos que os sentimentos mais nobres não são privilégio de uma sociedade rica e dita civilizada, mas se encontram espalhados pela humanidade inteira, tanto em palácios à beira do Adriático como em choupanas de palha no coração da África.

Mercúcio foi o primeiro a reiniciar o interrogatório:
– Chegou a falar com ela durante o encontro na praça?

Novamente frio e impessoal, Otelo parou diante do inquiridor:
– Não, senhor. A primeira vez que lhe falei foi em outra celebração, dessa vez em homenagem à filha de nosso doge.
– E o que lhe disse?

– Bem, disse-lhe que... – o general atrapalhou-se um pouco com a resposta.
Não era de seu feitio falar muito, menos ainda de seus sentimentos e problemas íntimos. Teve de se esforçar para manter a calma e não mandar o Conselho inteiro às favas.
– Disse-lhe que gostaria de escrever-lhe, quando eu estivesse longe. Ela concordou, mas avisou que seu pai não aprovaria isso. Como de fato ocorreu...
– E o senhor escreveu?
– Várias vezes.
– E ela respondeu?
– Sim.
– Mas como conseguiam trocar essa correspondência às escondidas?
Como excelente estrategista, Otelo previra a pergunta e já tinha a resposta pronta:
– Gente de minha confiança encarregava-se de fazer minhas cartas chegarem a ela e vice-versa.
– Quem?
O mouro apertou os lábios, num gesto de desagrado, mas em seguida esboçou um sorriso, como se pedisse desculpas.
– Não posso dizer...
Brabâncio remexeu-se em seu assento. Quem poderia ser essa pessoa, que havia favorecido um namoro tão abominável a seus olhos? Os soldados do general não seriam, pois, quando Otelo viajava, eles o acompanhavam. Políticos e mercadores não se rebaixariam a tal ponto, mas, se por acaso algum deles concordasse em fazer o papel de carteiro, não o faria de graça, e Otelo certamente não teria como pagar-lhe. Só podia ser um dos criados do mouro. O senador relembrou os três empregados que cuidavam da modesta casa: uma velha nariguda, um homem meio surdo e um rapaz empertigado. A velha vivia bisbilhotando em tudo quanto era canto, rondava até os confessionários para ouvir os pecados alheios. O homem meio surdo havia perdido uma perna em combate, porque não ouvira

a ordem de recuar, e andava de muletas; dizia-se na cidade que Otelo só o contratara para trabalhar em sua casa a fim de que o coitado não precisasse recorrer à caridade pública para sobreviver. E o rapaz empertigado era, aparentemente, quem orientava os outros e providenciava para que tudo funcionasse a contento. Várias vezes Brabâncio o tinha visto perto de sua casa, conversando com seus serviçais, mas, como os criados costumavam visitar-se frequentemente, não dera muita atenção ao fato. Sem dúvida, o moço havia sido o carteiro. E quem, em sua própria casa, estabelecia a troca de correspondência? Ah, se descobrisse quem era o traidor...

– Assim começou a feitiçaria... – tornou Otelo, evidentemente ansioso para encerrar o assunto. Não queria que Brabâncio soubesse quem eram as pessoas de sua confiança, pois poderia haver retaliação quando estivesse ausente.

– E o namoro resumiu-se a... cartas? – indagou Mercúcio, o de barbas brancas, desconfiado e curioso.

– Não, senhor.

Um outro senador, chamado Graciano, julgou que uma etapa importante estava sendo omitida e que todos precisavam conhecê-la.

– Com licença, cavalheiros – disse ele, erguendo a mão.
– Falta-nos saber o que continham as cartas.

Por um momento, Otelo chegou a pensar que era mais difícil lidar com a curiosidade – agora tinha certeza de que só a curiosidade contava – daqueles homens, que pareciam tão sérios, do que com as espadas otomanas. Seu primeiro impulso foi dizer que as cartas eram estritamente pessoais e que seu conteúdo não estava à disposição dos abelhudos. Mas controlou-se outra vez e reduziu a resposta ao mínimo indispensável:

– Eu lhe escrevia contando a história de minha vida, cheia de perigos e desventuras. Falava-lhe também de minhas ideias. Ela respondia, mostrando-se interessada em todos os pormenores, fazendo comentários inteligentes e também falando de si mesma.

– Muito bem, a pergunta do ilustre Graciano foi respondida – era Mercúcio, voltando à carga. – Mas a minha não: o namoro resumiu-se às cartas?

– Como já disse, caro senador, não. Não se resumiu às cartas. Entre elas houve meus retornos a Veneza, quando então nos vimos.

– Viam-se? Onde? – Brabâncio estava estupefato. Com toda a sua vigilância, como aquele maldito mouro podia ter visto sua filha?

– Em sua casa, senhor.

– Em mi... minha... casa? – o velho mercador nem conseguia falar.

– Eu ficava na rua, jogava uma pedrinha na janela e ela aparecia. O senhor estava dormindo, os criados também. Era sempre tarde da noite.

Otelo ficou calado por alguns momentos, perdido em recordações; depois, para demonstrar que havia encerrado o relato, caminhou para seu lugar no semicírculo.

– Foi o que aconteceu, senhores.

Preparava-se para sentar, quando ouviu a porta abrir-se. Voltou-se para a entrada e completou, sorrindo:

– Aí está Desdêmona. Perguntem-lhe os senhores mesmos por que se casou comigo.

Capítulo VI
Um esclarecimento

A moça, loira, toda de branco, estava parada junto à porta, tendo ao lado o jovem Cássio. Usava os cabelos presos em tranças grossas ao redor da cabeça e recobertos por fina rede adornada de minúsculas flores silvestres. O rosto, recém-lavado, exibia uma pele rosada e cheia de vida, em que não se via uma só mancha, um sinal de preocupação, um traço de desgosto. Embora sua expressão fosse serena, os lábios delicados tremiam um pouco, bem como as mãos, que nervosamente amarfanhavam um pequeno lenço de linho, amarelado pelo tempo. Os olhos, azuis e grandes, circundados de espessos cílios castanhos, fixaram-se de imediato em Otelo, que se adiantara para recebê-la. Quando viu o marido, a perturbação desapareceu de suas feições. Ela sorriu docemente, um sorriso que confirmava o breve relato do guerreiro e desmentia a denúncia de Brabâncio. Mesmo assim, o doge, que acompanhava a cena com atenção e simpatia, resolveu fazê-la traduzir em palavras aquela prova definitiva da inocência de Otelo. Experiente e hábil, o governante sabia que, muitas vezes, os homens não conseguem ver o que se passa diante dos próprios olhos, necessitando de declarações verbais, seladas, assinadas e reconhecidas.

– Senhora – principiou ele, pondo-se em pé num gesto de reverência –, seu pai acusa o general Otelo de tê-la raptado e levado ao casamento por meio de feitiçaria. É verdadeira essa acusação?

– Não, Excelência. Que meu pai me perdoe, mas sua denúncia é falsa.

– Por que casou com Otelo, então?

Desdêmona olhou para o marido, que ternamente lhe segurava a mão. Depois fitou o doge. Seu rosto corado denunciava o pudor que sentia por ter de levar a conhecimento público um assunto que só dizia respeito a ela. Gostaria de falar aos respeitáveis zeladores da gloriosa República que fossem tratar dos negócios de Estado e deixassem os casos de amor para os amantes resolverem. Porém, era polida demais para expressar tal pensamento.

– Casei com ele porque o amo. Se houve alguma feitiçaria... foi a do amor – limitou-se a declarar, contemplando o esposo com extremo carinho.

O doge lentamente voltou à sua poltrona, sentou-se e abriu as mãos, num gesto conclusivo.

– Para mim, essa declaração é suficiente – proclamou. – E para os senhores?

– Para mim também – afirmou um senador, logo seguido pelos outros, pelos generais e seus tenentes.

– Brabâncio...? – perguntou o doge.

O velho baixou a cabeça e depois balançou-a de leve para a frente, querendo dizer que também aceitava a declaração da filha. Desdêmona sentiu vontade de correr para ele e pedir-lhe que tentasse compreender: era um direito seu decidir a respeito de sua felicidade e de seu futuro. Mas desistiu. Seu gesto seria inútil e ainda poderia levar o pai a interpretá-lo como um pedido de perdão. E ela não queria perdão, porque não se sentia errada, não estava arrependida. Amava o mouro mais do que qualquer outra pessoa no mundo; havia feito o que seu coração mandara e acreditava piamente que o coração está sempre certo.

– Caro senador – o doge dirigiu-se a Brabâncio – quero dizer-lhe só algumas frases, que li certa vez num livro.

Muitos dos presentes aprumaram-se, desviando sua atenção de Desdêmona e Otelo e voltando-se para o governante, que costumava fazer citações interessantes e cheias de verdade, embora nem sempre muito claras. Frequentemente era preciso meditar sobre elas para compreender seu sentido.

– Não me lembro das palavras exatas do autor, cujo nome, aliás, também não guardei, mas eram mais ou menos assim – o doge limpou a garganta com um pigarro e declamou o trecho que havia lido –: "É melhor lutar com armas quebradas do que com mãos vazias".

Seu olhar perdeu-se num ponto qualquer, em busca do texto restante. A memória não o ajudava mesmo e ele precisou esforçar-se para estimulá-la:

– Sim, sim, agora me recordo: "Quando os remédios forem todos esgotados, terminam as dores, pois, diante do pior, lamentar uma desgraça passada é caminho certo para atrair nova desgraça. Quem é roubado e ainda sorri, acaba roubando alguma coisa do ladrão".

Satisfeito por lembrar-se do trecho e, ainda mais, por ver a reação que causava nos políticos e generais meditativos, o governante voltou-se para Brabâncio:

– Pense nisso antes de lamentar sua sorte, que, afinal, não é tão horrível assim. Sua filha está casada com um homem de bem, corajoso e honesto. Acredito, de todo o coração, que será muito feliz.

O velho procurou disfarçar a raiva, porém tudo o que conseguiu foi silenciar a resposta malcriada que lhe ocorrera. Quisera dizer ao doge que ele também tinha uma filha, bonita e delicada, e que decerto não teria a menor vontade de sorrir se um rústico estrangeiro a roubasse. Aliás, nesse caso, ele nem se lembraria do texto que tão calmamente declamara diante da desgraça alheia. Logo em seguida, no entanto, a consciência de que era um homem da República emergiu, e o velho engoliu as próprias emoções.

– Creio que o assunto está encerrado – determinou o governante, sempre olhando fixamente para Brabâncio.

– Sim, Excelência, está encerrado – murmurou o senador.

– Muito bem. Então vamos cuidar de Chipre.

Capítulo VII
A semente do mal

As palavras do doge reconduziram os senadores e militares à realidade da República. Por sua vontade, passariam o resto da noite, que já era densa sobre Veneza, ouvindo mais episódios da história de Otelo e Desdêmona e meditando sobre os poderes do amor, capaz de enfeitiçar pessoas de todas as idades. Era necessário, porém, tomar uma decisão importante e urgente, da qual dependeria o destino da cidade: tinham sido informados de que uma esquadra otomana se preparava para zarpar com destino a Chipre, devendo tomar a ilha a qualquer custo.

– Como dizíamos antes de Brabâncio chegar, notícias apuradas por nossos espiões dão conta de que mais de cem embarcações turcas, armadas da popa à proa, deverão, dentro de alguns dias, atacar Chipre – relembrou o doge.

– Meus informantes garantem que são exatamente cento e sete navios – declarou um general.

– Os meus falam em cento e quarenta – corrigiu um segundo.

– E os meus sobem para duzentos, o que me parece um pouco exagerado – acrescentou o senador Mercúcio.

– Seja qual for o número de navios – retomou o doge –, com certeza será uma frota poderosa. Temos de elaborar uma estratégia muito boa para poder enfrentá-la. Não podemos perder Chipre de maneira alguma.

– Não podemos! – repetiram os demais, erguendo os punhos cerrados numa veemente declaração de guerra ao inimigo distante.

Entre os séculos VII e XII, a ilha de Chipre já havia pertencido aos muçulmanos. Em 1191, fora conquistada pelo rei da Inglaterra, Ricardo Coração de Leão, que posteriormente a negociou. Assim, esse território passou às mãos do fidalgo francês Guy de Lusignan, que fundou o Reino de Chipre. A ilha permaneceu em poder de soberanos franceses até a morte de Jacques III, cuja viúva e herdeira, a veneziana Caterina Cornaro, resolveu vendê-la a Veneza, em 1489. Desde então, a República do leão alado dominava Chipre, que agora constituía sua principal ponta de lança no Mediterrâneo oriental.

– Temos de derrotar os otomanos antes que cheguem a Chipre – observou Otelo.

– Por quê? – quis saber um dos senadores, que parecia ser o mais jovem componente do Conselho.

Os generais e tenentes ali presentes olharam-no com espanto e desprezo: a resposta, para todos eles, era de uma evidência cristalina. Nenhum membro do governo tinha o direito de ignorá-la.

– Porque as fortificações de Chipre se encontram num estado tão precário que é como se não existissem – o mouro explicou, sem se deixar irritar pela falta de conhecimento de seu inquiridor.

– E, além disso, a ilha conta com poucos soldados – ajuntou um segundo general. – Há anos o capitão Montano, que lá está estabelecido, vem solicitando ajuda para melhorar suas guarnições.

– Chipre não tem defesa. Todo mundo sabe disso – acrescentou um terceiro, encarando o senador mais jovem com um sorriso ostensivamente desdenhoso.

– Por isso, se os turcos chegarem lá antes de nós – Otelo continuou sua explicação –, tomarão a ilha sem a menor dificuldade.

– E nós vamos ter de suar e sangrar muito para expulsá-los – concluiu outro militar.

– Estamos perdendo tempo com todo esse falatório – protestou um dos políticos, alarmado ao extremo. – Se os turcos estão se preparando para partir, nossa esquadra terá de zarpar o mais rapidamente possível.

– Tem razão – proclamou outro senador, mostrando-se também muito assustado com o que acabava de ouvir. – Afinal, precisamos percorrer quase o dobro da distância para chegar a Chipre.

Vários outros expressaram a mesma opinião, falando todos de uma vez, enquanto o doge, cabisbaixo, refletia. Em dado momento, o governante ergueu a cabeça, olhou em torno e levantou a mão, impondo silêncio. Então, quando nenhuma voz mais se ouvia, decidiu a questão:

– Senhores, a esquadra veneziana partirá ao nosso ataque esta noite. E proponho que o comando supremo seja entregue ao general Otelo.

Desdêmona, que assistira à discussão acomodada numa banqueta, fora do semicírculo governamental, estremeceu dos pés à cabeça. No entanto, não deixou que uma só palavra escapasse de seus lábios. O dever era mais importante que o amor, diziam, e Otelo acreditava nessa verdade. Para ela, todavia, nada podia falar mais alto que o coração. E, naquela noite, precisava mais do que nunca calar o seu, para não perturbar o marido, nem tentar desviá-lo de sua missão. "Se os homens ouvissem o coração", pensou, olhando para a cabeça altiva do amado, "não fariam tanta guerra e seriam muito mais felizes".

– Estou de acordo – votou um senador, erguendo a mão. Outros imitaram-no e o doge contou o total de mãos levantadas: era esmagadoramente maior que o de braços abaixados.

– General, peço-lhe que se prepare para partir o quanto antes – disse para Otelo.

– Sim, Excelência.

– E, depois de afastar os otomanos, o que, tenho plena certeza, conseguirá com facilidade, permaneça em Chipre o tempo suficiente para munir a ilha de um bom sistema defensivo.

– Sim, Excelência.

Otelo levantou-se, fez uma discreta reverência ao governante, aos senadores e militares e voltou-se para Desdêmona. Seu olhar inquieto traía o rebuliço das emoções que perpassavam por sua alma: queria ficar com a esposa, porém não podia faltar ao dever. Defendia uma pátria que não era a sua, mas com a qual tinha não só um compromisso, como também uma dívida de gratidão.

– Preciso ir – murmurou para a jovem, quase pedindo-lhe desculpas por ser tão fiel à sua missão de guerreiro.

– Eu entendo – disse ela no mesmo tom.

Em seguida, porém, inspirada por uma ideia repentina, levantou a voz, e dirigiu-se ao doge:

– Excelência, permita-me fazer um pedido...
Os senadores, que já se encaminhavam lentamente para a saída, detiveram-se para ouvir o que Desdêmona tinha a dizer. O próprio Otelo olhou-a surpreso, sem atinar o que poderia solicitar ao governante.
– Excelência... peço-lhe licença para acompanhar meu marido à ilha de Chipre...
Um murmúrio de espanto correu o recinto. Alguns sorriram, achando a ideia totalmente absurda. Outros, contudo, ficaram emocionados, por ver até que ponto chegava o amor daquela jovem pelo esposo.
– Querida... – Otelo falou-lhe baixinho ao ouvido. – O que você quer é impossível... Veja, trata-se de uma batalha... de uma guerra violenta...
– Eu sei... Não estou pedindo para ir agora – ela cochichou, percebendo que os demais deviam ter entendido da mesma forma e que era preciso esclarecer o equívoco. – Excelência... senhores... – continuou. Sei que seria descabido pedir-lhes que me deixassem acompanhar o general neste momento. Não foi isso que eu quis dizer. Perdoem-me por não ter sido clara...
A moça baixou os olhos, corando um pouco, mas logo voltou a fitar os presentes e prosseguiu em seu acalorado discurso:
– Penso em partir... com a permissão dos senhores, é claro... assim que o perigo tiver sido afastado. Sua Excelência incumbiu meu marido de permanecer em Chipre para cuidar das fortificações, não foi? Pois bem, essa tarefa vai levar muito tempo...
"Então a mocinha já entende de fortificações...", pensou Brabâncio, remoendo-se de raiva. Tinha alimentado uma pequenina esperança de, estando Otelo ausente, levar a filha de volta para casa e anular o casamento, pois era possível que não tivesse se consumado. Assim, tudo voltaria a ser como antes. Mas agora o pedido de Desdêmona jogava por terra qualquer possibilidade de que essa esperança se concretizasse.

– Senhores?... – o doge dirigiu-se aos membros do Senado. Os políticos olharam uns para os outros, pensativos. O caso não era original. No passado, algumas esposas de generais tinham acompanhado os maridos a praças distantes, quando eles iam implantar um governo ou mesmo cuidar de fortificações.

– Não vejo problema, Excelência – declarou Mercúcio.

– Quem está de acordo?

A assembleia inteira, menos Brabâncio, levantou as mãos. Desdêmona tinha permissão para acompanhar o marido assim que o perigo turco tivesse passado, podendo ficar com ele em Chipre durante todo o tempo necessário à instalação do sistema defensivo.

– Obrigada, Excelência – a jovem murmurou, sorrindo entre lágrimas. – Obrigada, senhores.

Contente com a atitude da esposa, que constituía mais uma prova de seu amor, Otelo tomou seu braço e dirigiu-se com ela para a saída, onde um grupo de homens já se comprimia, aguardando a vez de passar. Talvez por acaso, talvez de propósito, em dado momento o mouro viu-se frente a frente com o sogro, que parecia apenas esperar a oportunidade de atravessar a soleira. Brabâncio endereçou-lhe um olhar cheio de ódio e disse:

– Cuidado com ela, general. Assim como enganou a mim, que sou seu pai, pode muito bem enganar o senhor, que é apenas seu marido.

A primeira semente do mal estava lançada. E quem a jogava era um homem honesto e bom, que jamais havia erguido a mão para maltratar qualquer ser vivo.

Capítulo VIII
Recordações

Uma pequena lamparina de azeite lançava uma luzinha amarelada na sala, mal permitindo distinguir a sóbria decoração. Dois extensos divãs, forrados de seda bege, formavam um ângulo reto; entre eles, havia uma pequena mesa de pés baixos e tampo de metal adornado de arabescos. Sobre ela repousava um narguilé, espécie de cachimbo com um compartimento para o tabaco e outro para água perfumada, muito usado no Oriente. Junto às paredes, compondo um confortável encosto para quem se acomodasse nos divãs, enfileiravam-se dezenas de almofadas revestidas de seda em variados tons de marrom e amarelo. Banquinhos de madeira crua distribuíam-se ao acaso, proporcionando assentos extras para convidados inesperados. Tapetes de lã sem fingimento cobriam quase por inteiro o piso de pedras rústicas. Cortinas de damasco cor de areia escondiam as amplas vidraças das janelas e o vão que conduzia para o corredor.

Otelo e Desdêmona passaram pela sala e alcançaram a escada. No caminho, a jovem espiou pela porta do aposento vizinho, mas o encontrou mergulhado na escuridão. Lembrava-se de ter visto ali uma singela mesa de refeições, feita com duas longas tábuas de carvalho. Em cada lado havia um banco comprido, também de madeira maciça, do tipo usado nos conventos e nos quartéis. Encostado à parede do fundo, um armário alto e sisudo guardava algumas poucas peças de prata e cristal veneziano.

– Gosto desta casa – comentou Desdêmona, enquanto subia os degraus de pedra que levavam ao primeiro andar. – É despojada e honesta como o próprio dono.

Antes de responder, Otelo deteve-se e abraçou-a estreitamente, mostrando com aquele carinho que estava satisfeito por sua casa lhe agradar e triste por precisar partir.

– Você nem teve tempo de conhecê-la – murmurou, quase num lamento.

– Oh, sim, andei vistoriando meu pequeno reino enquanto você estava no Conselho – replicou Desdêmona, com um sorriso que se esforçava para parecer feliz e calmo.

O general percebeu-lhe a intenção, que também era a sua, e alegrou-se, pois demonstrava amor e coragem. Já que nenhum dos dois podia evitar a partida, evidenciava-se agora que pelo menos queriam despedir-se sem lágrimas nem desespero, deixando um para o outro a lembrança de um momento de ternura e a certeza de que em breve se reencontrariam. No entanto, ambos sabiam que a batalha para a qual Otelo partia poderia ser a última, e talvez não se vissem nunca mais.

– Aqui é a biblioteca – disse ele, abrindo a porta de uma sala escura. – Vou acender uma lâmpada.

– Não é preciso – protestou Desdêmona. – Estive também aqui hoje à noitinha... E bisbilhotei seus livros... – confessou, aninhando-se no peito forte do marido.

De fato, dedicara parte do tempo em que estivera sozinha a examinar os grossos volumes abrigados nas estantes de nogueira. Havia compêndios de história, filosofia, técnicas de guerra e arte de navegação e também algumas obras de literatura, sobretudo novelas de cavalaria e coletâneas de cantigas medievais. Abrira alguns deles ao acaso e encontrara anotações escritas à margem, na letra que tão bem conhecia e que tanto amava. Tinha aprendido, desde criança, que os livros que uma pessoa lê, e principalmente as observações feitas à margem das páginas, revelam muito sobre sua personalidade. Por isso, pretendia examinar um por um aqueles volumes quando Otelo estivesse ausente: seria um modo de aproximar-se dele e conhecê-lo melhor, embora julgasse que já sabia o mais importante sobre o homem que escolhera para ser seu marido. As cartas que ele lhe mandara de longe, as breves conversas mantidas diante de sua casa e sobretudo a maneira como Otelo sempre se comportara – tão altivo e discreto com os demais, tão doce e amoroso com ela – haviam-lhe passado todas as informações essenciais sobre sua vida e seu caráter.

– Você vai escrever para mim? – perguntou-lhe de repente.

– Só uma vez... para pedir que vá a meu encontro... – foi a resposta, acompanhada de um beijo caloroso e já vibrante de saudade.

– Guardei todas as suas cartas, mesmo sabendo que corria o risco de meu pai encontrá-las e frustrar nossos planos. Estão comigo. Trouxe-as em minha pequena bagagem. Vou relê-las pela milionésima vez quando você estiver fora.

Apesar do esforço para sorrir, Desdêmona não conseguiu conter uma lágrima, que lhe correu pelo rosto e foi cair sobre a mão de Otelo. Sem dizer nada, ele a abraçou, comovido, e os dois ficaram algum tempo em silêncio, ouvindo apenas o bater dos próprios corações. Por fim, a custo, o general apartou-se da amada, entrou no quarto e acendeu uma lâmpada de azeite pendurada à parede.

– Venha, querida. Preciso que me ajude.

Desdêmona, que havia ficado na soleira, adiantou-se:

– Sim. Pode dizer.

– Tenho de sair para dar algumas ordens. Enquanto isso, prepare minha bagagem, por favor. E não se esqueça de juntar isto.

Ele retirou do armário um pequeno cofre de madeira marchetada, com placas de madrepérola, e entregou-o à esposa. Depois beijou-a mais uma vez, longamente, e saiu apressado.

Sozinha, Desdêmona sentou-se na cama e abriu a caixa. A primeira coisa que viu foi seu próprio retrato, num medalhão que havia encomendado a um grande pintor de Veneza, às escondidas de seu pai, só para presentear Otelo. Embaixo estavam as cartas que lhe havia remetido ao longo de meses e meses de namoro. Retirou o maço, amarrado com uma estreita fita de veludo carmim, e pegou a primeira. Desdobrou-a e

começou a ler: "Caro senhor... Foi com grande comoção que tomei conhecimento da história de sua vida..."
Com um sorriso melancólico, Desdêmona interrompeu a leitura e ficou relembrando o relato que tão "grande comoção" lhe havia causado. Sabia o texto de cor, tantas vezes o tivera diante dos olhos.

A carta que Otelo lhe enviara principiava falando de uma camponesa marroquina, cujos antepassados haviam saído do então exuberante Reino de Benin, no Golfo da Guiné, e, errando pelo continente Africano, tinham ido parar no Marrocos, onde se converteram ao islamismo e lançaram raízes. Em seguida mencionava um guerreiro árabe que, por motivos políticos, deixara Granada, o último reduto do império islâmico na Espanha, e, alcançando o Norte da África, chegara ao Marrocos em meados do século XV. A camponesa e o guerreiro apaixonaram-se de imediato e com tamanha intensidade que não demoraram a casar-se, sem pompa nem cerimônia, numa enluarada noite de verão.

Desdêmona suspirou como já fizera várias vezes ao imaginar como teria sido aquela noite, a noite em que seguramente o homem de seu destino fora concebido. Com certeza pairavam no ar perfumes de jasmins e limoeiros floridos. O mar afagava a praia com sua espuma branca. A brisa soprava mansa sobre os corpos cansados. E os sussurros carinhosos encobriam o fragor de batalhas distantes.

"Durou pouco a felicidade dos dois", continuava a carta que ela rememorava. "Quando eu tinha oito anos, meu pai morreu em combate." A camponesa marroquina tivera de criar o filho com suas próprias forças, que não eram muitas. O pequeno mouro ajudava-a como podia e, nas reduzidas horas vagas, ia sentar-se junto ao velho avô, para com ele aprender as artes da escrita e da aritmética.

Uma expressão de carinho dominava o belo rosto de Desdêmona ao imaginar o marido menino. Via-o tristonho, observando todos os caminhos, à espera do pai que nunca mais haveria de voltar. Via-o esperto, trabalhando a terra e carregando para o mercado cestas maiores que ele próprio. Via-o compenetrado, esforçando-se para fazer com capricho as lições que o improvisado professor lhe passava.

"Aos quinze anos tornei-me soldado e marinheiro, e nunca mais conheci a paz", prosseguia o texto da primeira carta. "Estive entre os mais diversos povos do mundo, até no meio dos canibais, que devoram seus semelhantes. Um dia, os turcos aprisionaram-me e, por mais de um ano, vivi acorrentado às galés, até que uma esquadra veneziana travou combate com os otomanos e, vitoriosa, se apoderou dos prisioneiros. No caminho de volta, fomos surpreendidos por outra frota inimiga. Lutei com tanta fúria que meus novos captores me libertaram, com a condição de que eu colocasse minha força, minha coragem e minha lealdade a serviço de Veneza. Concordei. Graças a isso, minha querida senhora, cheguei a conhecê-la."

Ao concluir a lembrança do relato, várias cenas, algumas apenas sonhadas, outras vivenciadas, sucederam-se em sua memória. Imaginava Otelo escrevendo-lhe à proa do barco ou na tenda de campanha, durante o intervalo dos combates. Ou então lendo suas cartas, cheias de crescente afeto, nas quais o polido "caro senhor" inicial pouco a pouco cedera lugar a "caro Otelo", "querido Otelo", "meu Otelo", "meu amor". Via-o ao pé de sua janela, o rosto banhado de luar, oferecendo-lhe uma flor colhida no próprio jardim, um poema elaborado a bordo, um colar comprado a um mercador pelos caminhos do mundo.

– Ah, tanta coisa já vivemos juntos... – suspirou a moça, dobrando a carta para recolocá-la no maço e em seguida apanhar outra, ao acaso.

"Meu querido", começava esta, "não pode sequer fazer ideia de como chorei ao saber que, no passado, você foi gravemente ferido e durante dois meses ficou preso ao leito, em terra estranha, lutando contra a morte... Como eu queria ter estado lá, para limpar o suor de seu rosto com meus beijos e chamá-lo

de volta à vida com toda a força de meu amor. Ah, adorado, quanto sofrimento você já teve de suportar na vida... Acho que é também por isso que eu o amo tanto..."
– "E eu tenho certeza de que sua infinita compreensão me faz amá-la cada vez mais" – murmurou Desdêmona, repetindo o trecho da resposta que Otelo lhe enviara.

O barulho do porto próximo trouxe-a de volta à realidade. Em meio a gritos e correrias, os marinheiros preparavam os navios que deviam partir naquela mesma noite. Ela não podia demorar-se mais na contemplação das próprias lembranças. Rapidamente, repôs a carta no maço, envolveu-o com a fita de veludo e recolocou-o no cofre; por cima, guardou seu retrato, como o havia encontrado. Depois levantou-se, abriu o armário e começou a separar fardas e capas, botas e cinturões, chinelos e roupas íntimas. Pôs tudo numa arca, que se encontrava junto à parede, sempre à mão para as constantes viagens e, sobre todas as coisas, depositou a caixa de madeira marchetada. Sabia que ali estava o tesouro de Otelo, a única prova palpável de seu amor que ele teria nos próximos dias, semanas ou até meses.

Fechou a arca e, voltando-se para verificar se não havia esquecido nada, viu, caído no chão, o lenço de linho que sempre trazia consigo. Apanhou-o carinhosamente e levou-o aos lábios, pedindo-lhe perdão por tê-lo deixado cair, talvez quando retribuíra o beijo do marido.

Nesse momento, outra cena veio-lhe à mente, nítida e colorida como uma pintura. Aquele lenço, amarelado pelo tempo, fora o primeiro presente que Otelo lhe dera. Pertencera primeiro à avó e depois à mãe dele, que o recebera do guerreiro árabe quando com ele se casara. Era um singelo bem de família, pequena joia de pano, em que já duas gerações de mulheres haviam depositado algumas lágrimas de felicidade e muitas de dor.

Passos nos degraus de pedra despertaram-na de seu devaneio. Pouco depois, Otelo surgiu na soleira da porta.

– Está tudo pronto – informou ele. – Os criados ficam com você, com ordens de obedecê-la rigorosamente. Emília, a esposa de meu alferes Iago, será sua dama de companhia: ocupará o quarto aqui ao lado. Ela e Iago vão levá-la a Chipre, quando os turcos tiverem sido derrotados. E eles serão derrotados, prometo.

Enquanto Otelo falava, dois soldados carregavam a arca para fora.

– Tenho certeza disso – declarou Desdêmona, segurando--lhe a mão.

Pela última vez naquela dia, o general abraçou-a com toda a força de seu amor e beijou-a demoradamente. E, depois de enxugar as lágrimas que deslizavam pelo rosto sempre tão altivo de sua mulher, desceu a escada com três grandes passadas. A sorte da República Veneziana já não podia esperar.

Capítulo IX
A batalha no mar

Fazia mais de uma semana que as bandeiras do leão alado tremulavam em pleno mar. Impulsionadas pela força do vento que lhes inflava as velas e das centenas de homens que remavam sem cessar, as cinquenta galeras venezianas avançavam agilmente, próximas umas das outras. Postado à proa da nave capitânia, que conduzia a esquadra, o comandante Otelo, ao lado de seu tenente, examinava o horizonte.

– Temos tempestade pela frente – comentou Cássio, olhando apreensivo para o céu cinzento.

– Vai desabar a qualquer momento – concordou Otelo.

– Que azar! – exclamou o jovem tenente. – Até ontem viajamos com sol o dia todo. Tinha de cair um temporal justamente agora, que estamos tão perto de encontrar os turcos?

Apesar de todas as suas preocupações, Otelo não pôde deixar de sorrir ante a impaciência de seu imediato.

– Pode ser um trunfo a nosso favor – observou.

– É... pode ser... – Cássio parecia tentar convencer a si mesmo de que a tempestade poderia ajudá-los. – Pelo que sei, os turcos ainda não se tornaram navegadores tão bons quanto os venezianos.

– Assim sendo, a menos que a sorte esteja contra nós, e espero que não esteja, tenho certeza de que vamos atravessar mais esta tormenta sem sofrer grandes prejuízos. Já os turcos, acho que perderão boa parte...

Nesse momento, o general interrompeu-se para anunciar:
– Lá vêm eles!

Cássio precisou fazer algum esforço para enxergar, ao longe, as pontas dos mastros otomanos, que seu chefe havia distinguido com tanta facilidade.

– Os espiões exageraram. Eles não têm mais navios do que nós – disse Otelo, depois de avaliar rapidamente a extensão da esquadra adversária. – Mas estão avançando a toda velocidade. Cássio, mande cada um assumir seu posto.

– Todos a postos! – gritou o tenente.

Imediatamente, os homens da nave capitânia colocaram-se junto às amuradas, uns empunhando arcabuzes, outros preparando os canhões, outros ainda reunindo munição. A mesma movimentação estabelecia-se nas demais galeras, à medida que a ordem era transmitida às outras embarcações por meio de gritos e sinais.

A tempestade, no entanto, não esperou pelo confronto. Relâmpagos furiosos cortavam o céu quase negro, lançando repentinos clarões, logo seguidos por trovões ensurdecedores. Ao mesmo tempo, ondas imensas obrigavam os marujos a um esforço quase sobre-humano para impedir que as galeras, jogadas de um lado para outro como barquinhos de brinquedo, virassem irremediavelmente.

Ninguém, nem mesmo Otelo, saberia dizer com precisão quanto tempo durou a tormenta, mas todos perceberam, com alívio, quando começou a abrandar-se. Pouco a pouco, como se formara, o aguaceiro foi diminuindo de intensidade até ceder lugar a uma chuva miúda e fria. O vento, que havia soprado com tanta força, acalmava-se gradativamente. E o mar já não se agitava com o mesmo ímpeto.

Dando graças a Deus por terem sobrevivido, os homens voltaram sua atenção para as galeras. Todas elas estavam inundadas, e algumas haviam sofrido sérias avarias no casco e nos mastros. Encharcados, os marinheiros trataram de retirar a água das embarcações e consertar o que podia ser reparado. Estavam quase no final da tarefa quando receberam ordens de abandoná-la e retomar suas posições junto às amuradas. A esquadra turca se encontrava bem próxima.

– Não são mais do que trinta embarcações – comentou Cássio, postado à direita de Otelo, na proa da nave capitânia.

– As outras devem ter afundado – replicou o general. – Estão todos a postos?
– Sim, meu comandante.
– Que aguardem o sinal – ordenou Otelo, observando atentamente o avanço do inimigo.

Quando as duas esquadras se viram a poucos metros de distância, o general ergueu o braço e manteve-o acima da cabeça o tempo suficiente para que o sinal fosse transmitido a todas as embarcações. Baixou-o então, num gesto rápido e enérgico, e a fuzilaria teve início.

Inferiores em número, os turcos viram-se obrigados a adotar uma estratégia meramente defensiva, que tornava sua situação ainda mais precária. Não demorou muito, oito de suas galeras ardiam em chamas e outras nove submergiam devagar, com imensos rombos no casco. No entanto, mesmo desfalcados em embarcações, homens e armamentos, os otomanos ainda tentaram resistir, pondo a perder mais três de suas naves. Por fim, sem condições de continuar enfrentando os venezianos, acabaram por bater em retirada, perseguidos por implacável canhoneiro.

– Cessar fogo! – gritou Otelo, quando a última embarcação inimiga desaparecia na distância.

O bombardeio silenciou de imediato e os homens soltaram brados de alegria e vivas ao chefe que os havia conduzido à vitória.

– Cássio, faça um levantamento dos danos. E providencie tudo o que for possível – comandou o general.

Enquanto o tenente se afastava para cumprir a ordem, Otelo pôs-se a circular pelo convés. Debruçava-se sobre cada soldado caído, avaliando a gravidade do ferimento, fazendo um curativo de emergência ou apenas dizendo uma palavra de estímulo. De vez em quando, seu olhar preocupado investigava o céu, onde nuvens pesadas novamente se acumulavam.

– Meu general, perdemos cento e sete homens, e trezentos e vinte estão bastante feridos – informou Cássio, algum

tempo depois. – Cinco galeras foram a pique e nove estão danificadas de tal modo que parece impossível recuperá-las.
– Tem certeza? – perguntou o chefe, ocupado em atar um torniquete ao braço de um soldado, que sangrava sem parar.
– Sim, senhor.
– Então faça remover a tripulação das embarcações em perigo para outras.
– Já ordenei a remoção, meu general.
– Muito bem – Otelo lançou ao tenente um olhar aprovador. – Vamos aportar em Rodes. De lá rumaremos para Chipre.
– Para Rodes! – gritou o tenente, e a ordem num instante se propagou de galera em galera.

Mais uma vez, Otelo consultou o céu escuro. Seria indispensável aquela parada em Rodes. Precisava estar em terra firme antes que a segunda tempestade desabasse, pois a esquadra, extremamente abalada, não teria condições de sobreviver a mais uma tormenta. Além disso, tinha de providenciar tratamento adequado para os feridos, reparar as embarcações e enviar notícias urgentes a Veneza. A lembrança da cidade, onde deixara seu bem mais precioso, colocou-lhe nos lábios carnudos um sorriso quase imperceptível: dentro de algumas semanas, teria Desdêmona em seus braços e ambos poderiam ser felizes para sempre.

Capítulo X
Uma surpresa

A ilha de Chipre estava em festa. Fogueiras acesas em toda a linha da praia indicavam o rumo aos pilotos da esquadra vitoriosa, que rapidamente se aproximava.

– Viva Otelo! Viva o Leão de Veneza! – gritava uma multidão acenando com lenços e flores.

Em traje de gala, Montano, o capitão-mor, aguardava-o à frente da passarela de madeira, especialmente construída para conduzir o general triunfante até a escadaria do castelo, mais acima.

No fim de alguns minutos, que pareceram horas tanto para os soldados sequiosos de descanso como para a população ávida por homenagear seu salvador, as galeras aportaram. Otelo foi o primeiro a desembarcar.

– Salve, meu general! – saudou Montano, estendendo--lhe a mão.

– Salve, capitão! – retribuiu Otelo. – Obrigado pela recepção.

– É bem menos do que o senhor merece, mas foi tudo o que pudemos fazer. – Montano desculpou-se com modéstia. – Vamos, general. Creio que agora o senhor precisa de repouso.

Com um gesto, o capitão indicou-lhe a estreita senda de madeira entre a compacta massa que lançava sobre o herói pétalas perfumadas. Sorridente, apesar do extremo cansaço, Otelo agradecia a todos, acenando com o braço erguido e a cabeça altiva.

– Viva o Leão de Veneza! – bradava o povo sem cessar.

Lentamente, o general avançou pela passarela até chegar à escada cavada na rocha, que subiu ainda mais devagar, parando em cada degrau para retribuir as saudações populares. Ao alcançar a esplanada do castelo, toda iluminada por tochas colossais, deteve-se pela última vez e, com um gesto, impôs silêncio à multidão.

– Cipriotas! – começou, a voz poderosa atingindo os ouvidos mais distantes. – Eu e meus comandados agradecemos-lhes esta homenagem, que nos recompensa por todos os perigos que corremos. E pedimos-lhes que nos perdoem por não podermos celebrar com vocês, ainda hoje, a vitória e nossa salvação! Certamente compreendem que estamos exaustos –

justificou-se com um sorriso. – Mas, assim que estivermos refeitos, faremos uma grande festa, eu prometo.
– Viva Otelo! Viva o Leão de Veneza! – foi a calorosa resposta da multidão.

O general acenou com ambos os braços e, como se desculpando por precisar recolher-se, dirigiu-se para o salão do castelo. Um soldado aproximou-se, fez-lhe uma reverência e anunciou que seu banho estava preparado.

– Esperamos o senhor para cear – disse Montano, apontando uma longa mesa coberta de iguarias.

– Volto logo – respondeu Otelo.

Pouco mais tarde, reanimado pelo banho morno e perfumado, confortavelmente vestido com uma ampla túnica árabe, Otelo reapareceu no salão, onde, ao invés de encontrar Montano e Cássio, deparou com Desdêmona. A surpresa foi tão grande que o infalível estrategista ficou paralisado.

– Oh, meu querido... – murmurou a jovem, correndo para ele de braços abertos.

Apenas quando a estreitou contra o peito e beijou-lhe os lábios trêmulos de saudade Otelo se compenetrou de que não se tratava de um sonho, como a princípio temera: sua doce e amada Desdêmona estava realmente ali.

– Tive tanto medo... – sussurou ela, tão logo pôde falar.
– Disseram-me que... – começou a explicar a razão de seu medo, porém se interrompia a cada instante para beijá-lo novamente – ... a esquadra... que uma tempestade... – e não conseguia terminar frase alguma.

Queria contar ao marido que, mal recebera a notícia da vitória, levada por uma galera de Rodes, pusera-se a caminho de Chipre, com Emília, Iago e sua comitiva. Ao chegar, no entanto, não encontrara Otelo, como esperava. Montano dissera-lhe que uma parte da esquadra ficara em Rodes, para consertar as embarcações e socorrer os feridos, e que o restante zarpara no mesmo dia da batalha, com destino a Chipre. Uma tempestade, contudo, surpreendera a tripulação em pleno mar e até então não se sabia de seu paradeiro, nem se o comandante havia se salvado.

Seguiram-se dias angustiantes, em que Desdêmona só fizera chorar e pedir a Deus que poupasse a vida de seu amado. Felizmente, numa bela manhã, um navegante grego viera comunicar que as galeras venezianas, bastante danificadas, haviam conseguido retornar a Rodes, onde estavam sendo reparadas para prosseguir viagem. Muitos navios haviam naufragado devido à tempestade, centenas de homens tinham perecido, porém o general Otelo nada sofrera. Em uma semana ele deveria estar em Chipre.

Desdêmona dera graças aos céus. Montano apressara-se em providenciar a construção da plataforma, que serviria como uma espécie de arco do triunfo para o general, e convocara a população a promover uma recepção digna de seu herói. Para proporcionar ainda maior alegria ao Leão de Veneza, o bom capitão sugerira a Desdêmona que lhe fizesse uma surpresa, aparecendo em sua presença somente quando pudesse ficar a sós com ele. A jovem concordara: embora estivesse ansiosa para ver o marido, não desejava recebê-lo diante dos olhos de todos – ficaria inibida em dispensar-lhe o imenso carinho que havia guardado durante tanto tempo.

Por essa razão, tinha sido muito bom chegar antes a Chipre. Mas agora, que estavam juntos de novo, e para sempre, já não importava explicar-lhe nada. Nem mesmo se lembrava de transmitir-lhe o comunicado que o doge pessoalmente a encarregara de fazer ao marido, assim que chegasse: daquele dia em diante, Otelo seria o governador supremo de Chipre, dotado de plenos poderes para decidir o que bem entendesse sobre o destino da ilha e de seus habitantes.

Pensara em contar-lhe tudo isso. No entanto, ao encontrar-se em seus braços, nada conseguia dizer. As angústias que sofrera faziam parte do passado. O dever e a glória pertenciam ao resto do mundo que, naquele momento de perfeita felicidade, estava totalmente excluído de sua memória.

Capítulo XI
Prepara-se uma festa

Desde cedo, um grupo de ilhéus trabalhava na ornamentação da esplanada. Sem fazer ruído, para não despertar os guerreiros, limpavam o chafariz e as estátuas, que as preocupações com a constante ameaça turca haviam relegado ao esquecimento. Arrancavam tufos de ervas daninhas que vicejavam no jardim, a custo implantado sobre a rocha com toneladas de terra transportadas de outras regiões da ilha, séculos antes. Lavavam o piso de pedra que revestia os caminhos entre as plantas e a imensa área de onde Otelo os saudara na noite anterior. Penduravam guirlandas nos muros e portais, no encosto dos bancos e nas hastes da pérgula que mirava o mar.

– Até que enfim – exclamou uma jovem muito viva, de grandes olhos negros –, agora vamos ter sossego. Dizem que nunca houve em Veneza guerreiro tão valente e capaz como o general Otelo.

– É verdade, Bianca – concordou uma segunda mulher, chamada Cordélia, e acrescentou, com um suspiro: – E acho que também nunca houve outro tão bonito...

– Bonito? Cruz credo! – espantou-se uma terceira, de nome Lavínia. – Onde já se viu? Um homem escuro daqueles... e ainda por cima começando a envelhecer.

– Pois eu o acho bonito – insistiu Cordélia. – Será que não tenho esse direito?

– Tem... Mas deve estar louca – sentenciou Lavínia. – Tão louca quanto a senhora Desdêmona.

A moça interrompeu o que fazia e ficou pensativa por alguns instantes.

– O que será que ela viu nele?

— Ora, ela só quis ser diferente... — Bianca fez uma careta de desprezo.

— Acho que viu o mesmo que eu — Cordélia suspirou de novo, abraçando uma guirlanda contra o peito.

— Viu um homem forte e bonito, que deve ser muito ardente e carinhoso... e eternamente fiel...

— Pode ser tudo o que você quiser, mas bonito não é — declarou Bianca. — Bonito, mas bonito mesmo, é o tenente...

Um homem que estava empoleirado numa escada, limpando a cabeça de uma bela deusa grega, ouviu a conversa e resolveu encerrá-la:

— Ei, vocês aí! — gritou.

— Psiu! Psiu! — fizeram os outros, censurando-o pelo barulho.

Com um gesto de desculpa, o homem desceu da escada e aproximou-se das moças, para repreendê-las em voz baixa:

— Querem parar de matraquear e apressar o trabalho? Daqui a pouco já é hora do almoço e vocês não fizeram nada.

Na verdade, a irritação do homem não se devia ao barulho que faziam, mas ao fato de Bianca ser sua namorada e ele ter ficado enciumado. Bem que as jovens perceberam o motivo e riram muito, tapando a boca com as mãos para abafar o som.

E assim, entre comentários, suspiros e risadas, a decoração progredia satisfatoriamente. Estava perto do final quando um soldado entrou na esplanada e ficou olhando, surpreso.

— Tenente... — um grupo de homens avistou-o e curvou-se em reverência.

— O que estão fazendo? — quis saber Cássio.

Ao ouvirem sua voz, os demais suspenderam a atividade e também o saudaram com profundo respeito. Algumas mulheres, principalmente Bianca, contemplavam-no boquiabertas. Nesse momento, Iago surgiu à porta do salão, a mesma por onde Otelo entrara ao despedir-se do povo na véspera. Sempre atento, captou os olhares deslumbrados das moças e sorriu, sinistro, como fazia toda vez que lhe brotava uma ideia maligna. Cássio não o viu.

– Estamos preparando a esplanada para a festa de hoje à noite, senhor – um dos homens explicou a Cássio. – Esqueceu-se de que o general prometeu celebrar com a gente?
– Sim, é verdade. Mas pensei que a festa só se realizaria depois que a senhora Desdêmona chegasse.

Meio sem jeito, os ilhéus baixaram a cabeça, alguns fazendo esforço para não rir. Acharam engraçado o fato de Cássio, justamente o braço direito de Otelo, ainda não saber da presença da jovem.

Depois de cumprimentar a todos, em altos brados, Iago resolveu mostrar-se e correu para o tenente, abrindo os braços para estreitá-lo, como se realmente lhe tivesse estima.

– Iago! – Cássio encaminhou-se para ele e abraçou-o com verdadeiro afeto. – Então Desdêmona também está aqui?

– Sim, chegamos antes de vocês. Ela ficou desesperada quando soube que a esquadra tinha sido apanhada por uma tempestade. Mas logo veio a notícia de que pelo menos você e Otelo estavam sãos e salvos, e todos nós respiramos aliviados.

Dessa vez Iago estava sendo sincero. De fato, durante todo o tempo em que Otelo estivera fora, ele desejara, de coração, que nenhum mal acontecesse ao mouro e a Cássio, porque isso estragaria sua vingança. Desde que fracassara a trama de jogar Brabâncio contra Otelo, Iago decidira servir-se de Cássio para arrasar o general. Bonito, espirituoso, bem-educado e rico, o moço parecia, como se dizia em Veneza, feito sob encomenda para tornar as mulheres infiéis – ou pelo menos para gerar inquietação na mente dos maridos e namorados, até mesmo os mais seguros. E Otelo, com certeza, poderia ser facilmente abalado em sua segurança: estrangeiro, escuro, bem mais velho e sem fortuna, não seria trabalhoso fazê-lo duvidar do amor que uma mulher jovem, lindíssima e milionária como Desdêmona lhe dedicava. Assim, Iago pressentia que bastaria dar um empurrãozinho, com habilidade, para introduzir no coração apaixonado do mouro o monstro do ciúme, a hidra de olhos verdes que menospreza o alimento que a mantém. Conduzido pelo alferes, o general cairia como um pato e se deixaria devorar pelo monstro.

– E então, Cássio? Você está com ótima aparência – comentou Iago, esfuziante. A boa aparência do rapaz era fundamental para o sucesso de seu novo plano. – Ninguém diria que passou por tantos reveses...

– Deve ser porque dormi como uma pedra – respondeu o moço, todo sorridente. – E também porque estou muito feliz com o reencontro de Otelo e Desdêmona. E há ainda a expectativa da festa de hoje à noite...

– Ih, por falar em festa, preciso ir até a cozinha. Montano encarregou-me de fiscalizar os preparativos – explicou Iago, já tomando o caminho para o corredor lateral que levava à cozinha.

– Vou com você – prontificou-se o tenente.

– Não, não. Não é preciso. Com certeza, Otelo vai chamá-lo logo. Vejo você mais tarde.

A ida à cozinha era apenas um pretexto. Na verdade, Iago estava ansioso para ficar sozinho e arquitetar os detalhes da trama que se formara em sua mente diabólica. Resolvera começar a concretizá-la naquela noite, usando a festa a seu favor. Mas não sabia ainda qual deveria ser o primeiro passo.

Capítulo XII
A armadilha

Exatamente às cinco horas da tarde, como fora anunciado, Otelo surgiu no parapeito da esplanada, ladeado por Desdêmona, Montano e Cássio.

– Povo de Chipre! – gritou o tenente para a multidão que se comprimia na praia, mais abaixo. – Por ordem e graça de nosso novo governador, o valoroso general Otelo, declaro iniciados os festejos desta noite.

Um brilho de gratidão faiscou em cada olhar. De todas as bocas rompeu um brado de alegria. Uma saudação calorosa expressou-se através de centenas de braços levantados.

– Bom divertimento! – brindou Otelo, erguendo a taça de vinho.

Esperou que os ilhéus se distribuíssem ao redor dos vários braseiros, onde peças enormes fumegavam tentadoramente, e voltou-se para os convidados especiais que o aguardavam na esplanada.

– Um brinde ao general! – propôs Montano. – À saúde de Otelo!

– À saúde de Otelo! – repetiram os políticos e militares, muitos deles acompanhados de suas esposas e filhos.

– À paz de Chipre! – concluiu Otelo, levando a taça aos lábios.

Um grupo de músicos, acomodado na pérgula junto ao muro, pôs-se a tocar, convidando à dança. Todos, no entanto, permaneceram estáticos, fitando o governador.

– Senhoras, senhores, não sou versado na arte dos salões... – desculpou-se ele com um sorriso, percebendo o que esperavam, e completou: – Permitam-me transferir para minha esposa, Desdêmona, e para meu imediato, Cássio, a honra de abrir o baile.

Desenvolto e elegante, Cássio fez uma reverência ao general. Depois saudou Desdêmona, curvando-se quase até a cintura formar um ângulo reto com os quadris, e conduziu-a até o centro da esplanada, ao ritmo de graciosa melodia produzida pelos flautistas e tamborileiros.

Minutos depois, a pequena orquestra silenciou. Todos aplaudiram, encantados com a habilidade dos dançarinos. Cássio reconduziu Desdêmona a Otelo. O general recebeu a esposa com discreta mesura e a fez sentar-se no banco adornado de guirlandas. Então, antes de acomodar-se a seu lado, ordenou a Cássio, com um simples olhar, que descesse à praia para cumprir sua missão.

O jovem esgueirou-se por entre os convidados, fazendo sinais quase imperceptíveis para que Iago e mais alguns soldados o seguissem. Era a guarda de segurança que Otelo o encarregara de formar, com instruções muito claras de que circulasse discretamente pela praia a fim de evitar distúrbios. A população estava ainda tensa, após tantos sobressaltos, e por certo se entregaria ao vinho com ardor. Cérebros entorpecidos raciocinam mal, deixam as emoções falarem mais alto e com facilidade criam mal-entendidos que, por sua vez, podem degenerar em brigas violentas. Otelo não queria iniciar seu governo cuidando de feridos e encarcerando agressores; por isso, confiara a Cássio a tarefa de manter a ordem sem inibir a animação geral.

Assim que acabaram de descer a escada de pedra, Cássio dirigiu-se à guarda sob seu comando:

– Vamos nos dispersar para não dar na vista. Sigam pelo sopé da rocha e encaminhem-se para a praia, dois a dois. Andem como se estivessem muito despreocupados, para os ilhéus não desconfiarem que estão sendo vigiados; eles poderiam se ofender. E não bebam uma gota de vinho – recomendou pela centésima vez. –Você vem comigo, Iago.

Os homens afastaram-se, seguindo as instruções. Cássio começou a percorrer a passarela de madeira que servira de arco do triunfo para Otelo na noite anterior.

– A dança não lhe deu sede, tenente? – perguntou Iago, quando se viram sozinhos.

– Muita! – o moço exclamou. – Ainda mais com este calor. Espero tomar pelo menos um balde de água assim que chegarmos lá embaixo.

– Água?! – Iago riu. – Imagine se os ilhéus vão beber água hoje...

Chegando à praia, os dois puseram-se a caminhar lentamente por entre os festeiros, cumprimentando uns e outros, detendo-se um pouco aqui para ouvir um relato engraçado, um pouco ali para observar o andamento de uma dança, outro tanto acolá para sentir mais de perto o aroma dos assados. Em toda parte eram saudados com alegria e convidados a tomar um trago em honra de Otelo.

– Obrigado, amigos – respondia Cássio invariavelmente. – Comemos demais no almoço e estamos um pouco indispostos.

A cada vez, Iago esperava que se afastassem e então sussurrava ao ouvido do companheiro:
— Isso ainda vai ofender os ilhéus... Afinal, estão propondo brindes a nosso general, não podemos nos recusar sempre...
— Otelo nos proibiu de beber — replicava o outro, prosseguindo.

Em certo momento, foram ter a um grupo de homens que, entre um gole e outro, improvisavam versos de louvor à coragem do novo governante e à beleza de Desdêmona. Ao vê-los, os desajeitados poetas ofereceram-lhes suas canecas e convidaram-nos a beber em sua companhia.

Cássio começou a repetir a desculpa que inventara, mas não demorou a perceber que os homens não a ouviriam: estavam já bastante embriagados para aceitar recusas. Sem saída, o tenente pegou a caneca que lhe estendiam e levou-a aos lábios.

— Não adianta fingir que bebe, tenente — cochichou-lhe Iago, também apanhando uma caneca. — É melhor tomar um bom gole, do contrário você mesmo pode dar motivo para uma briga.

Cássio olhou disfarçadamente para os homens, que o encaravam com uma ansiedade meio agressiva, e resolveu seguir o conselho de Iago. Após um generoso trago, que lhe refrescou a garganta ressequida, saudou a todos mais uma vez e tratou de afastar-se tão depressa quanto a situação lhe permitia.

Andaram bem uma centena de metros, sempre parando cá e lá, sem mais embaraços, quando se viram cercados por uma ciranda de moças e rapazes, que dançavam alegremente. Abrindo lugar na roda, eles os convidaram a participar, e ambos acederam, mesmo porque não havia como escapulir. Animados pela presença do tenente, agora o segundo homem da ilha, os músicos passaram a tocar cada vez mais rápido, até que a dança assumiu um ritmo frenético. Os dançarinos, embora suados e quase sem fôlego, não davam mostras de querer parar. Só quando já não tinham forças deixaram-se cair na areia, abanando-se com as mãos e enxugando o suor na barra da saia ou na manga da camisa.

– Vinho! – gritavam alguns – Vinho!
Os músicos, também sedentos, largaram os instrumentos e puseram-se a encher uma pilha de canecas. A primeira delas foi oferecida a Cássio que, meio atordoado pela dança e pela sede, esvaziou-a num instante, para satisfação de Iago, que logo tratou de substituí-la pela sua, ainda cheia até a borda.
Depois de beber e descansar o suficiente, todos se levantaram, sacudindo a areia da roupa, e pediram mais música. E a dança recomeçou, suave e lenta, como um exercício de aquecimento, e acelerou-se gradativamente, até atingir o ritmo selvagem e inebriante da rodada anterior. Mais uma vez, dançaram até não poder mais e de novo deixaram-se cair no chão, implorando por vinho.
Exultante com o andamento de seu plano, Iago aproveitou o segundo descanso para afastar-se sem que ninguém o notasse. Resolveu circular pela orla do mar, não para cumprir a tarefa que Cássio não tinha mais condições de executar, mas para encontrar cúmplices inocentes.
Depois de caminhar um pouco, deparou com uns homens entretidos num jogo de dados. A situação pareceu-lhe propícia: deteve-se por ali. Era evidente que os jogadores haviam bebido bastante, mas ainda conseguiam distinguir o número de círculos em cada face dos dados e memorizar os pontos de cada um. Só não estavam suficientemente atentos para perceber se algum intruso daninho forjasse uma trapaça – e era isso mesmo que Iago pretendia fazer.
– Ei, você virou o dado – protestou um dos homens, voltando-se para o companheiro à sua direita.
– Eu? Não virei coisa nenhuma. O dado caiu na areia. Olhe lá! É um cinco.
– Pois é. Antes era um dois.
Iago tinha girado o dado com uma hastezinha de arbusto que apanhara ao acaso durante a caminhada.
– Não valeu! – bradou um terceiro jogador. – Lance de novo.
– Ora, vocês estão bêbados – protestou o acusado.

– Pode ser, mas não estamos roubando.
– Roubando?! Como se atrevem a me chamar de ladrão? – o acusado colocou-se de pé, já pronto para brigar.
– Quem chamou meu amigo de ladrão? – esbravejou um grandalhão que ia passando com mais três sujeitos muito mal-encarados.
– Ladrão! – Iago gritou e esgueirou-se para longe, antes que o vissem.
Foi o quanto bastou. O grandalhão agarrou pela gola o adversário mais próximo, levantou-o no ar, como a um saco de farinha, e acertou-lhe um murro bem no nariz. Os amigos do esmurrado saltaram para cima do agressor, os três mal-encarados passaram a agredi-los, e houve uma distribuição geral de sopapos e pontapés.
Grupos vizinhos aproximaram-se, uns só para assistir à luta, outros para participar dela, mesmo sem ter a menor ideia do que se tratava. E a confusão virou tumulto: ninguém mais sabia, afinal, quem estava brigando com quem e nem por que razão brigavam.
Otelo conversava com seus convidados especiais na esplanada quando ouviu o alarido. Com um passo largo, aproximou-se do parapeito e viu dezenas de homens esmurrando-se na areia, sob a torcida barulhenta de uma plateia embriagada. Como um relâmpago, dirigiu-se para a escada de pedra e correu para o local da luta.
Simultaneamente, a guarda de segurança, liderada por Iago, abria caminho por entre os espectadores.
– Parem! – o general bradou, ao aproximar-se, e repetiu, avançando para o meio da multidão, que emudeceu de repente: – Parem!
– Os briguentos então ouviram sua voz e separaram-se. De cabeça baixa, puseram-se de pé e ficaram à espera do sermão.
– Vão para casa curar a bebedeira – foi, no entanto, tudo o que Otelo disse.
Obedientes como crianças pegas em falta, os homens

saíram, amparando-se uns nos outros, até nos inimigos de um minuto atrás, e tomaram o rumo de suas casinholas, situadas mais além. Algumas mulheres, talvez suas esposas, seguiam-nos de perto, despejando-lhes um sermão muito mais violento do que o governador teria feito.

Enquanto os valentões se afastavam, Otelo dirigiu-se a Iago:

– Por que a guarda está sob seu comando? Onde se encontra Cássio?

Iago fingiu-se muito constrangido, como quem não quer denunciar o melhor amigo. Limitou-se a olhar para o chão, a boca cerrada.

– Fiz uma pergunta, alferes – o tom de Otelo não admitia silêncio.

– Perdão, senhor... Creio que...

– Estou aqui, meu general – interrompeu-o uma voz pastosa.

O governador voltou-se e viu Cássio, tropeçando nas próprias botas e limpando com a mão o vinho que lhe escorria pelo queixo. A farda de gala estava toda coberta de areia, os cabelos empapados de suor, os olhos vermelhos de tanto beber.

– Está destituído – o chefe sentenciou, rispidamente.

– Senhor... – gemeu o jovem, querendo explicar-se.

– Não há nada que possa me dizer. Recolha-se a seu alojamento – Otelo ordenou e em seguida dirigiu-se a Iago: – Percorra a praia e cuide para que a festa continue. Sem tumultos – frisou.

– Sim, senhor – Iago respondeu, todo solícito.

E o alferes afastou-se com a guarda, esforçando-se muito para que ninguém percebesse o quanto estava contente. Havia dado o primeiro passo para realizar sua vingança e tudo correra melhor do que planejara. Pretendia agora gastar o resto da noite arquitetando a continuação da trama, para agir no dia seguinte, sem perda de tempo.

Capítulo XIII
Trama diabólica

De pé, junto ao muro da esplanada, as duas mãos apoiadas sobre o parapeito de pedra, Cássio tristemente contemplava a praia coberta de tonéis entornados, canecas vazias, restos de comida, guirlandas despedaçadas. Parecia-lhe que sua própria vida também se reduzira a detritos de fim de festa, que seus sonhos de grandeza jaziam por terra, inúteis como as cinzas, destroçados como as flores. Meia hora de insensatez havia anulado seis anos de luta... E agora ali estava ele, de volta ao primeiro degrau da escada que vinha subindo com tanto empenho.

A mão que pousou amistosamente em seu ombro arrancou-o das desoladoras reflexões. Cássio virou a cabeça e deparou com Iago postado a seu lado, o rosto ensombrecido por uma nuvem de tristeza.

– Estou solidário com você, amigo – murmurou o alferes.
– Obrigado. Acho que você é o único... – o moço esboçou um sorriso amargurado antes de acrescentar: – Os outros afastaram-se, como se eu estivesse com lepra.
– É... Todo mundo bajula quem está no alto e repudia quem cai... – filosofou Iago, pressionando a mão sobre o ombro do tenente, para expressar compreensão.

Cássio fitou-o com os olhos úmidos e voltou a contemplar a praia, esforçando-se para não se deixar dominar pelas emoções. Em seus vinte e poucos anos de existência, jamais havia conhecido a derrota. Nascido em berço de ouro, sempre tivera tudo o que desejara, e agora se via desarmado para enfrentar a frustração.

– A punição foi severa demais – comentou Iago, abanando a cabeça.
– Mas foi justa – o tenente replicou com sinceridade.

– Que justa, que nada! – explodiu o outro. – Seis anos de excelente desempenho, que eu testemunhei, não podem ser jogados fora num instante, por causa de uma única falha.

– Uma falha grave – corrigiu o rapaz.

– Concordo com você, mas, como digo, é uma falha contra seis anos – replicou Iago, mostrando os números com os dedos. – Otelo não precisava ter sido tão rigoroso. Ele podia simplesmente ter-lhe passado um sermão, ou ordenado que permanecesse no alojamento por dois ou três dias, até uma semana... Não precisava destituí-lo do cargo. Que diabo!

Iago era a própria imagem da indignação. Havia passado boa parte da noite não só arquitetando seu plano, mas também ensaiando cada gesto, cada modulação de voz, cada expressão facial, tal qual um ator em véspera de estreia. Agora, ao ver Cássio tão confuso e perturbado, aplaudia-se intimamente pelo esforço, que lhe permitia um desempenho tão convincente.

– Veja, ninguém sabia que você estava de guarda – argumentou, cada vez mais animado pelo sucesso de sua representação. – Aos olhos de todos, você estava na festa para divertir-se, não para zelar pela ordem. Portanto, Otelo não tinha a menor necessidade de puni-lo para demonstrar que não tolera indisciplina. Acho até que a punição foi uma atitude inábil do ponto de vista político. O general só a adotou porque, naquele momento, não conseguia controlar a irritação.

– Você pensa realmente assim? – balbuciou o tenente, hesitante.

Um conflito estabelecia-se em sua mente. De um lado, encontravam-se a admiração, o respeito, a obediência irrestrita ao líder, o qual considerava infalível. Jamais lhe passara pela cabeça julgar uma atitude de Otelo, muito menos criticá-la, como Iago fazia agora. De outro, estavam o orgulho ferido, o sentimento de culpa, o desejo de ouvir alguma coisa que minimizasse sua falha e o reabilitasse diante dos próprios olhos. E era com esses sentimentos que Iago astuciosamente trabalhava para atingir seu objetivo.

– Penso – declarou o alferes com firmeza. – A guarda devia vigiar discretamente, não devia? Pois então. Ao punir você em público, Otelo denunciou a vigilância. E ofendeu os ilhéus, pois mostrou que os considera incapazes de se divertirem sem causar tumultos.

As palavras de Iago faziam sentido, e Cássio ouvia-as com o máximo de atenção.

– Ele foi inábil – o alferes repetiu. – E, com certeza, já se compenetrou disso. Deve estar ansioso para encontrar uma boa oportunidade de voltar atrás, de dizer que se enganou, ou que foi levado por emoção momentânea. Aliás, o que ele possa inventar para desfazer a má impressão que causou realmente não me interessa.

A esperança brilhava no rosto de Cássio, afugentando os últimos resquícios de autocensura. Tudo o que ele desejava agora era conseguir a tal oportunidade mencionada por Iago, conversar com Otelo e receber de volta seu posto e a confiança do líder.

– Mas como surgirá essa oportunidade? – perguntou.

Era a deixa que Iago esperava, o momento para o qual engenhosamente conduzira toda a sua argumentação. A fim de dar maior impacto ao que ia dizer, olhou ao redor, como para certificar-se de que ninguém o ouviria, e aproximou-se ainda mais de Cássio.

– Fale com Desdêmona – declarou, por fim, quase cochichando no ouvido do tenente.

Cássio franziu as sobrancelhas, sem entender.

– Pelo que pude observar – explicou o alferes –, Desdêmona é praticamente o chefe de nosso chefe. Tudo o que ela quer Otelo faz.

– É verdade, mas...

– E, pelo que sei – Iago prosseguiu, sem dar atenção ao comentário que o outro tentara fazer –, Desdêmona é sua velha amiga. Dizem até que é sua parenta...

– Também é verdade. O senhor Brabâncio é primo-irmão de meu pai, e eu conheço Desdêmona desde que ela era menina.

Somos primos em segundo grau. Mas Otelo só soube disto depois que casou com ela...

– Pois então... – Iago colocou as duas mãos nos ombros de Cássio e fitou-o bem nos olhos. – Peça a ela que fale com Otelo. Exponha-lhe todos os argumentos que lhe apresentei.

O moço refletiu por alguns segundos e, enfim, abanou a cabeça, desesperançado:

– Acho que seria pior. Otelo ficaria indignado ao saber que envolvi Desdêmona numa questão puramente disciplinar.

– Ele não precisa saber, meu amigo... Eu não vou contar, pode ter certeza. E Desdêmona também não, se você lhe explicar que é preciso guardar segredo.

Cássio ficou quieto novamente, meditando. Tudo o que Iago dizia parecia-lhe bastante razoável.

– Mas... como posso falar com ela sem que Otelo veja? – perguntou, após um breve silêncio.

Iago fingiu que pensava numa solução. Depois olhou em torno, com ar de conspirador, e voltou a aproximar-se de Cássio:

– Daqui a pouco Desdêmona virá fazer seu passeio matinal no jardim da esplanada e Otelo irá para o gabinete. Vou despachar com ele. Enquanto isso, você fala com ela – Iago sorriu e abriu as mãos, num gesto animador. – Simples, não é?

Então, como se a ideia tivesse lhe ocorrido apenas naquele momento, bateu com os punhos fechados em ambas as têmporas e exclamou:

– Que idiota! Por que não pensei nisso antes?

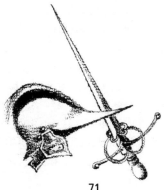

Capítulo XIV
"Cuidado com ela, general!"

Da janela do gabinete, ao lado do salão, o alferes observava a evolução de seu plano enquanto aguardava Otelo. Tudo se passava conforme havia imaginado. Desdêmona surgiu no jardim, Cássio saudou-a e pôs-se a falar-lhe. Iago não podia ouvir as palavras, mas calculava que deveriam ser mais ou menos as mesmas que dissera ao rapaz, momentos antes. Desdêmona escutava-o, preocupada. Por fim, seu rosto desanuviou-se, como se lhe tivesse brotado uma ideia luminosa, e a moça disse alguma coisa que fez Cássio ajoelhar-se e beijar-lhe a mão calorosamente.

Nesse instante, Iago ouviu os passos de Otelo avançando pelo escritório. De costas para a porta, esperou que o general se aproximasse o bastante para ver a cena que se desenrolava no jardim. Então, quando o sentiu bem perto, lançou uma pedrinha pela janela, como combinara com Cássio. Imediatamente, o rapaz colocou-se de pé e correu em direção à escadaria externa.

– Não gosto nada disso – murmurou Iago, entre dentes, mas claro o suficiente para que o general pudesse entendê-lo.

– Também não gosto – resmungou Otelo a seu lado.

Estremecendo como se tivesse sido arrancado de profundas divagações, Iago voltou-se para ele:

– O senhor aqui? Desculpe, não percebi que havia entrado.

– Por que Cássio saiu correndo? – o mouro perguntou, aturdido com o que acabava de ver.

Não era a presença de Cássio no jardim que o perturbava. Nada tinha contra a amizade que unia o tenente a sua esposa, ainda mais depois que ficara sabendo que os dois jovens eram primos e se conheciam desde a infância. O que o inquietava era o fato de Cássio ter saído assim às pressas, como se tivesse feito algo errado e temesse novo castigo.

– Não sei, senhor – respondeu o alferes, desviando os olhos para o chão a fim de demonstrar grande constrangimento.
– Claro que sabe! Você viu tudo. Estava aqui à janela. E ouvi quando falou: "Não gosto nada disso". Do que exatamente você não gostou? Que foi que ouviu?
Iago baixou a cabeça e manteve-se mudo. Com um gesto brusco, Otelo agarrou-lhe o queixo e ergueu-lhe a cabeça, obrigando-o a enfrentar seu olhar faiscante de raiva.
– Responda! – esbravejou.
Era impossível manter-se calado.
– Ah... desculpe, meu general... não posso dizer...
Perplexidade e cólera estampavam-se no rosto moreno. Os grandes olhos negros apertavam-se tanto que as densas pestanas por pouco não formavam uma linha única. A testa franzia-se entre as sobrancelhas. As veias do pescoço latejavam, fazendo vibrar sutilmente a gola da camisa sob o colete da farda.
– Não pode dizer?
Por um momento, Iago temeu levar um murro que certamente lhe quebraria pelo menos a metade dos dentes. Resolveu, porém, manter sua posição:
– Perdão, senhor... – murmurou. – Cássio é meu amigo.
– E eu sou seu general! É a mim que deve lealdade acima de tudo. Fale de uma vez, ou eu o mandarei para a prisão.
A ameaça de ser acorrentado à parede úmida da masmorra, entregue à fome das ratazanas, constituía uma boa justificativa para Iago "delatar" Cássio. Diante disso, sua palavra teria força, penetraria a alma do mouro como uma semente daninha que, cultivada com empenho, acabaria por vicejar uma árvore de profundas raízes, a qual destruiria o "soberbo guerreiro" como a um pedaço de terra seco.
– Cássio... ele... Ah, senhor, é tão difícil para mim...
Sem dizer nada, Otelo aguardava, o peito largo subindo e descendo ao ritmo da respiração acelerada. Iago suspirou, fingindo não ter saída, e despejou a revelação de um fôlego só:

— Cássio beijou a mão da senhora Desdêmona com muito entusiasmo... e pediu-lhe que intercedesse por ele junto ao senhor. Quando percebeu que eu acompanhava a cena da janela, fugiu.

O alferes ficou olhando para Otelo, à espera de um comentário irritado, porém o governador se mantinha em silêncio. Fez então uma pausa e juntou as duas mãos num gesto de súplica:

— Perdoe-o, senhor. O pobre rapaz deve estar desesperado... Cometeu apenas uma falha, contra seis anos de luta...

— Duas falhas — resmungou Otelo, afastando-se em direção à mesa atulhada de livros e documentos.

O general deixou-se cair na cadeira. A mão imensa cofiava a barba sedosa; os olhos, ainda apertados, fitavam um ponto qualquer, a esmo. Suas emoções exigiam que chamasse Cássio, lhe passasse um violento sermão e o enviasse para o cárcere por tempo indeterminado. Sua razão dizia-lhe que não tinha o direito de castigar um subordinado leal e estimado só porque havia pedido a ajuda de uma prima para livrar-se de uma punição anterior, rigorosa demais.

Acostumado a decidir racionalmente, no fim de alguns instantes de luta interior, o mouro fechou os ouvidos às emoções e voltou-se para Iago, que aguardava junto à janela, no mais completo silêncio.

— Vamos trabalhar — declarou friamente.

— Sim, senhor.

O alferes aproximou-se e entregou-lhe o primeiro documento da pilha que havia arranjado no lado direito da mesa. Otelo leu-o com atenção, estendeu a mão para pegar a pena que Iago lhe oferecia e assinou com letra firme e segura, como sempre.

Examinava o décimo papel do dia quando Desdêmona entrou no escritório, trazendo na mão uma rosa vermelha. Sem ruído, a jovem acercou-se do esposo, já completamente absorvido pelo trabalho, e colocou a rosa sobre a mesa. Então, enlaçou-o pelos ombros e beijou-lhe a têmpora.

— Desculpe-me interrompê-lo, meu amor, mas preciso falar com você sobre um assunto urgente — anunciou a moça.

– Sim? De que se trata? – disse Otelo, sem desviar os olhos do documento.

Com um gesto, Desdêmona pediu a Iago que se retirasse. Obediente, o alferes curvou a cabeça, à guisa de cumprimento, e saiu para o jardim. Contudo; não se afastou muito, para poder ouvir o diálogo travado no gabinete.

– Trata-se de Cássio – Desdêmona explicou.

O governador mordeu o lábio com raiva, porém a moça não percebeu e começou a expor o argumento que desenvolvera desde que o tenente deixara a explanada.

– Estive pensando no caso e... desculpe me intrometer, querido – acrescentou, acariciando os cabelos macios do marido –, mas você não acha que... foi um pouquinho severo demais com ele? Afinal, a falha de meu primo não foi assim tão grave, a ponto de ele merecer a destituição...

Enquanto falava, Desdêmona repetidas vezes beijava o general, escolhendo ora a nuca curvada, ora a testa franzida, ora a barba bem aparada. Desde pequena, aprendera a obter do pai tudo o que queria por meio de carinhos. O próprio Otelo, em várias ocasiões, cedera a pequenos caprichos seus, vencido por um afago. Agora, no entanto, o governador parecia imune a seu poder de sedução.

– Foi Cássio quem lhe pediu para me dizer isso? – perguntou ele, encarando-a com um olhar devassador.

Desdêmona empalideceu, mas procurou demonstrar que a pergunta não a abalara.

– Oh, não. Meu primo é orgulhoso demais para pedir qualquer coisa a quem quer que seja.

– Então o que é que ele lhe dizia ainda há pouco no jardim?

– No jardim? Mas... Cássio não esteve no jardim...

A cadeira afastou se tão repentinamente que Desdêmona precisou agarrar-se a mesa para não ser arrastada junto. Otelo ergueu-se em toda a sua altura e, fitando-a durante longo tempo, indagou com voz rouca:

– Por que está mentindo?

Encurralada, confusa, dividida entre a lealdade ao marido e a amizade ao primo, a jovem pensou rapidamente e fez a pior opção possível.

– Cássio não esteve no jardim – repetiu.

O primeiro impulso de Otelo foi agarrá-la pelos ombros e jogá-la ao chão, com toda a força de sua fúria. Todavia, treinado pela guerra a dominar as emoções, respirou fundo e afastou-se, indo postar-se junto à janela. Não compreendia por que Desdêmona sustentava aquela mentira, mas uma vozinha tênue, saída do fundo da memória, murmurava: "Cuidado com ela, general!".

Atribuindo o silêncio do esposo à aceitação de suas palavras, Desdêmona aproximou-se, refeita do susto, e acariciou-lhe o rosto. Então notou que estava suado e, delicadamente, começou a enxugá-lo com o lenço de linho amarelado que sempre carregava consigo.

– Deixe-me sozinho! – explodiu ele, arrancando-lhe o lenço da mão e atirando-o longe.

– Meu bem...

– Saia daqui!

Otelo voltou-se, transtornado, e apontou-lhe a porta num gesto definitivo. Sem entender o motivo de tamanha perturbação, Desdêmona correu para fora e tomou o rumo de seu quarto.

"Cuidado com ela, general!", a vozinha sussurrou novamente no íntimo do mouro.

Capítulo XV
Sinistra ameaça

– Com licença, meu general – Iago apareceu à porta do gabinete com um sorriso extremamente amável desenhado nos lábios. – O capitão Montano está à sua espera.

Como se despertasse de um pesadelo, Otelo voltou-se para seu auxiliar e fitou-o com um olhar tão angustiado que, se o alferes tivesse um átomo de piedade no coração, teria desistido de levar adiante seu plano demoníaco. Iago, no entanto, era feito de rancor e maldade e ficou muito contente por ver o sofrimento do homem que odiava.

– Sim, eu já vou – disse o mouro, porém, ao invés de sair, jogou-se na cadeira e, apoiando os cotovelos na mesa, escondeu o rosto entre as mãos.

Iago seria capaz de jurar que ele chorava; contudo, não vislumbrou um único sinal de lágrima quando, segundos depois, Otelo se ergueu, completamente senhor de si, altivo e imponente como de hábito.

– Vou ver as fortificações com Montano – anunciou, enquanto se dirigia para a porta. – Despache as cartas que assinei e prepare todos os documentos que devo examinar após o almoço. Providencie também para que as mensagens a Veneza partam amanhã; a galera do comandante Lúcio deve deixar o porto ao nascer do dia.

– Sim, senhor.

O alferes tomou lugar à mesa e pôs-se a selar as cartas. Primeiro passou sob a assinatura de Otelo uma camada de cera vermelha, que amoleceu à chama de uma vela; depois apanhou o sinete do leão alado, cunhado em metal, e apertou-o sobre a cera, imprimindo-lhe o símbolo da República Veneziana. Terminada a tarefa, enrolou todas as cartas cuidadosamente, escreveu o nome de cada destinatário e amarrou cada qual com uma fita carmim, que identificava a correspondência do mouro. Em algumas, de maior importância para o governo, aplicou um lacre com o mesmo sinete do leão. Colocou então as cartas de lado e passou a examinar os papéis restantes, separando os que exigiam solução imediata.

Quase na hora do almoço, reuniu a correspondência para entregar ao comandante Lúcio e preparou-se para deixar o escritório. No entanto, o número de rolos que se dispunha a carregar era excessivo para suas mãos: vários deles caíram tão logo Iago se afastou da mesa. Praguejando, o alferes abaixou-se para pegá-los e seu olhar deparou com o lenço de linho de Desdêmona, meio escondido sob o móvel. No mesmo instante, largou todas as cartas, que rolaram pelo chão, e agarrou a preciosa prenda. Fazia tempo que aguardava a oportunidade certa de apossar-se do lenço; agora, tinha-o a seu inteiro dispor.

Radiante com o achado, segurou o pequeno quadrado de linho pelas pontas, com as duas mãos, e contemplou-o como se fosse a obra-prima do maior pintor veneziano. Iago sabia que estava de posse do primeiro presente de amor que o general dera a Desdêmona; a própria jovem revelara isso à sua mulher, Emília, que, por sua vez, lhe transmitira a informação, sem pensar na maligna utilidade que poderia ter mais tarde.

A história que Emília lhe contara na ocasião voltava-lhe agora à mente, íntegra e clara, como se tivesse acabado de ouvi-la. Lembrava-se de que havia rido muito da crendice da mulher, que atribuía ao lenço um poder sobrenatural. Emília soubera, por intermédio da patroa, que uma cigana egípcia o tecera e o dera à avó do mouro como presente de casamento, dizendo-lhe que, se quisesse preservar o amor do marido, bastava guardar a peça junto a si, a todo instante, de noite e de dia; todavia, se desejasse livrar-se para sempre do esposo, sem choro nem briga, não teria mais que desfazer-se do lenço. Verdade ou não, o fato é que a avó vivera feliz com seu companheiro, até o dia em que ele morrera em combate; entregara então o lenço ao filho, relatando-lhe a história da cigana. Quando se uniu à camponesa marroquina, que seria mãe de Otelo, o rapaz deu-lhe a prenda, com as mesmas recomendações. E o ritual voltara a realizar-se por ocasião da viuvez da camponesa, que o deu a Otelo. Ao colocar o lenço nas mãos de Desdêmona, o mouro repetira mais uma vez as palavras da cigana, acrescentando que, racionalmente, não as aceitava, pois não acreditava em feitiçarias, mas, com a emoção, confiava no poder da delicada peça. Afinal, as duas mulheres que a haviam portado antes tinham sido amadas e felizes até que a morte levara seus maridos.

– Que vai fazer com isso?

Sobressaltado, o alferes amassou o lenço entre as mãos, tentando escondê-lo, e voltou-se em direção à voz que o interpelava. Era sua mulher, postada no umbral da porta.

– Não é da sua conta – resmungou, enfiando o pedaço de linho no bolso. – O que você quer aqui?

– Vim chamá-lo para almoçar.

– Pois já chamou. Agora vá saindo.

Desconfiada de que o marido estivesse tramando alguma maldade, Emília resolveu enfrentá-lo.

– Só saio depois que me entregar o lenço da patroa. O que pretende fazer com ele? – repetiu, estendendo a mão.

O alferes fez-se de surdo; pôs-se a juntar as cartas espalhadas pelo chão e a colocá-las embaixo dos braços, sob o queixo, nas mãos.

– Quero esse lenço – Emília insistiu.

Mais uma vez, Iago deixou os rolos caírem. Furioso, agarrou a esposa pelos ombros, sacudiu-a como a um saco de cebolas, e ordenou com voz sibilante:

– Você não viu lenço algum, entendeu? Cale a boca e vá embora.

Em seus cinco anos de casada, a pobre mulher havia aprendido que desobedecer ao homem com quem equivocadamente se unira equivalia a receber uma surra terrível. A última vez que ele a espancara fora pouco antes do casamento de Otelo, só porque Emília se esquecera de comprar vinho para abastecer a pequena adega doméstica. Mesmo assim, ela agora estava disposta a enfrentá-lo, tentando impedir que o marido agisse de maneira tão indigna para com seus patrões. Pelo que ouvira de Desdêmona, Otelo seria capaz de mandar enforcar quem quer que ousasse levantar a mão para uma criatura indefesa.

– Não me calo! – gritou, lutando para enfiar a mão no bolso de Iago e apoderar-se do lenço.

Em resposta, o alferes desferiu-lhe tamanho bofetão que a coitada foi estatelar-se quase do lado oposto da sala.

– Isso basta ou será que preciso lhe dar uma boa sova para você entender que deve ficar de boca fechada?

– Monstro! – gemeu Emília, erguendo-se com dificuldade. – Vou contar tudo para o general.

Por um minuto, Iago ficou sem saber como agir, tão surpreso estava com a insólita coragem da esposa. Mas logo recuperou o sangue frio.

– Vá – murmurou, segurando a mulher pelo braço dolorido. – Vá criar mais problemas para o general. Ele acaba de assumir o governo de Chipre, enfrenta a rebeldia de Cássio, que não aceita a punição, tem velhas reivindicações do povo para examinar, está cheio de trabalho e ainda precisa ficar sempre alerta aos movimentos dos turcos, que continuam cobiçando a ilha... Mas acho que nosso ocupado governador pode muito bem deixar todos esses assuntos de lado para dedicar-se a uma questão tão fundamental como uma briga de marido e mulher – concluiu, com ironia.

– Não é da briga que vou falar. É do lenço!

– O que também é muito importante... Pois vá. Antes que Otelo me chame para averiguar a denúncia, o lenço estará de volta às mãos de Desdêmona e você será castigada por levantar calúnias contra seu próprio marido.

– Não faz mal. Eu correrei o risco! – decidiu Emília, tomando o rumo da porta.

– Você é que sabe... – Iago deu de ombros, seguro de sua posição.

Estava resolvido a não deixar Otelo sozinho um minuto, a fim de que a mulher não pudesse falar-lhe; e, se isso por acaso acontecesse, agiria segundo o planejado.

Depois que Emília deixou o gabinete, o alferes juntou novamente os rolos da correspondência e dirigiu-se para o porto. Mal terminava de entregar as cartas, ouviu soar o sino da torre, anunciando aos soldados a hora do almoço. Fingiu-se então muito ocupado em anotar alguma coisa, só para demorar-se um pouco mais nas galeras. Assim, todos os homens iriam ao refeitório do castelo e ele poderia correr ao alojamento de Cássio, sem o risco de encontrar alguém pelo caminho: esconderia o lenço entre os pertences do rapaz e voltaria para almoçar tranquilamente com a esposa, como se nada houvesse acontecido.

Capítulo XVI
Delírio

Naquela noite, o monstro do ciúme, que Iago com tanta habilidade despertara, não deixou Otelo dormir. As palavras que Brabâncio lhe dissera após a reunião do Conselho, na longínqua noite de sua partida, deixaram de sussurrar no fundo da memória para soar agora em seu cérebro como um grito estridente: "Cuidado com ela, general!". E completavam-se perigosamente: "Assim como enganou a mim, que sou seu pai, pode muito bem enganar o senhor, que é apenas seu marido". O beijo que Cássio pousara na mão de Desdêmona, quando se ajoelhara à sua frente no jardim, transferia-se pouco a pouco para o braço, para a face, para a boca, dando à cena o significado de um encontro de amor. A saída abrupta do rapaz ganhava a importância de uma fuga, e o tenente transformava-se no criminoso que tenta desaparecer do local do delito com medo de ser apanhado em flagrante. A mentira de Desdêmona parecia-lhe constituir a prova moral do crime.

"Desdêmona...", suspirou para si mesmo, olhando para a mulher deitada ao seu lado. "Será possível que exista em você um demônio, como sugere seu nome?"

Altas horas da madrugada, incapaz de permanecer imóvel enquanto sua alma se debatia num mar de dúvidas, Otelo esgueirou-se para fora do leito e saiu do quarto, sem fazer barulho. Precisava andar, ainda que fosse no próprio castelo.

Seus passos arrastados conduziram-no ao salão, onde duas tochas ardiam em ambos os lados de um imenso espelho emoldurado de ouro, lembrança da passagem faustosa dos antigos soberanos franceses. Sem perceber o que fazia, o governador de Chipre aproximou-se da própria imagem e deteve-se. De imediato, sua mente perturbada o fez ver, refletida no cristal, ombro a ombro consigo mesmo, a figura de Cássio, tão nítida e viva como se o rapaz ali estivesse de fato.

E então, em seu delírio, Otelo comparou as duas imagens. Cássio era mais baixo, menos musculoso e, embora fosse tão esbelto e ágil quanto o general, parecia não possuir a mesma força e resistência física. No entanto, seu corpo irradiava uma sensualidade, uma alegria de viver que o governador jamais sentira em si mesmo antes de conhecer Desdêmona e, quando descobrira que as possuía, cuidara de guardá-las ciosamente para a amada, com certa vergonha de aparecer aos olhos dos outros como um homem sedutor.

O rosto do tenente não ostentava a expressão de firmeza e decisão que a enorme segurança de Otelo transmitia a seu semblante. Todavia, era fino e bonito, os traços harmoniosos combinando-se como se tivessem sido esboçados pela mão de um artista. E era jovem. Não trazia rugas ao redor dos olhos, nem precisava de uma barba espessa para esconder feias cicatrizes de combate. A cabeça não era tão imponente, pois a Cássio faltava a desenvoltura do guerreiro experiente, que conquistara com mérito o comando e jamais tivera de curvar-se a ninguém. Entretanto, revelava a arrogância própria da idade e era coberta por densa cabeleira castanha, pouco mais escura que as loiras tranças de Desdêmona, sem um único fio branco. As mãos não eram tão grandes e fortes e não apresentavam veias inchadas nem juntas salientes; não pareciam, pois, capazes de segurar o leme por horas a fio nem de empunhar a espada perante uma legião de inimigos sem fraquejar por um segundo. Mas eram mãos de soldado competente e, ainda, sugeriam muita habilidade em distribuir carinhos e escrever poemas de amor.

Mais importantes, contudo, eram as diferenças que, apesar de o espelho não mostrar nem na realidade nem aos olhos da imaginação, o mouro conhecia muito bem. Otelo era filho de um soldado pobre, que só lhe deixara como herança a coragem e o senso do dever. Nunca estivera em uma escola; o pai de sua mãe ensinara-lhe o árabe, e um companheiro do exército veneziano, os caracteres ocidentais. O resto aprendera nos livros que lera entre uma batalha e outra, nas conversas que travara ou apenas ouvira pelas diversas terras onde pisara. Jamais cultivara qualquer arte ou se exercitara na galanteria e tinha absoluta certeza de que nenhum cidadão europeu, por mais que o admirasse como estrategista, gostaria de tê-lo como genro. Cássio era filho de um rico banqueiro, legítimo representante da refinada sociedade florentina, que tão bem cultuava as artes e as ciências. Abraçara a carreira das armas por gosto de aventura e sede de glória, não por necessidade de ganhar a vida sob a constante ameaça da morte. Frequentara a universidade, onde obteve, com louvor, um diploma de matemático e aprendeu a falar várias línguas. Sabia tocar alaúde, dançava com elegância e era visto por todos os pais como o genro ideal.

– Cássio... – murmurou o general. – Todos dizem que foi feito sob encomenda para tornar as mulheres infiéis...

Lembranças de mexericos, que escutara ao acaso, vieram-lhe à mente. Nunca lhes dera ouvidos, tendo chegado a proibir seus subordinados de comentarem a vida alheia, porém agora lamentava não ter prestado atenção neles e fazia força para recordar tudo o que ouvira: trechos de relatos sobre aventuras do jovem com famosas cortesãs e belas senhoras casadas; fiapos de discursos sobre a constante preferência do rapaz por mulheres ou inteiramente livres ou convenientemente comprometidas, que jamais lhe cobrariam os vínculos do casamento, do qual ele fugia como o diabo da cruz.

– Cássio... o irresistível sedutor... – Otelo suspirou, aproximando-se mais do espelho, como se quisesse mergulhar na imagem do outro e descobrir os segredos de sua alma.

Outra história, que havia sido relatada com simpatia por sisudos homens do governo, voltou-lhe à memória. Ainda antes de conhecer Desdêmona, ouvira dizer que, desde menina, a filha de Brabâncio estava destinada a casar com o primogênito de um banqueiro florentino, mas tal plano se frustrou. Apesar de não gostar de conhecer pormenores de arranjos familiares e problemas domésticos, que só dizem respeito às pessoas envolvidas, Otelo não pudera deixar de participar de conversas estabelecidas nos intervalos de reuniões de cúpula, em festas oficiais ou em encontros informais. Agora se arrependia de não ter sido curioso, de não haver reunido o maior número possível de dados... Tentava montar com pedaços de relatos a história da aproximação entre Cássio e Desdêmona. Quando chegara a Veneza, seis anos antes, o moço hospedara-se em casa de Brabâncio, primo-irmão de seu pai, onde permaneceu durante alguns meses. Nesse período, o velho promovera um jantar de gala em sua homenagem, para o qual convidara algumas das mais altas personalidades da República, excluindo, no entanto, o general, que, embora houvesse prestado relevantes serviços ao leão alado, era considerado um estrangeiro. Desse modo, Otelo só conheceu Cássio quando, por sugestão de um amigo veneziano, o rapaz apresentou-se espontaneamente ao general, conquistando-lhe a confiança e tornando-se seu soldado. Mas não sabia que se tratava do primo de Desdêmona: só veio a sabê-lo depois do casamento.

– Cássio... – sussurrou Otelo. – Maldita a hora em que o conheci... Maldita a hora em que o tomei a meu serviço...

Dizia-se em Veneza que Brabâncio desencorajara ao máximo o engajamento do jovem no exército, porém seus esforços foram inúteis, como haviam sido antes os do banqueiro no sentido de fazê-lo assumir os negócios financeiros da família. Cássio gostava de longas viagens e de fazer novas amizades. A cada partida do rapaz, os planos dos pais de unirem suas fortunas por meio do casamento dos filhos ficavam mais longe de concretizar-se, e suas esperanças minguavam irremediavelmente. Por fim, sabedores das aventuras amorosas do jovem – algumas das quais chegaram a causar escândalo – e de sua aversão ao casamento, ambos desistiram de levar adiante o acordo e liberaram os dois para unirem-se a quem bem quisessem. Foi então que Desdêmona conheceu Otelo.

– Cássio... – Otelo murmurou mais uma vez, olhando para o espelho onde a figura do outro avolumava-se, dominava a sua, ocupava todo o espaço, fugia para além das bordas douradas da moldura francesa.

Com um gemido magoado, o mouro fechou os olhos e respirou fundo, tentando convencer-se de que tudo não passava de um pesadelo e de que, quando voltasse a encarar o espelho, veria somente sua imagem. Pouco a pouco, foi erguendo as pálpebras cansadas, e sua alucinação, ao invés de desfazer-se, cresceu. A imagem de Cássio voltara ao tamanho real, mas o cristal refletia agora uma terceira figura, postada entre os dois homens.

– Desdêmona! – ele quase gritou o nome da mulher.

O coração batendo com a fúria de um louco que esmurrasse a porta de sua cela, o fôlego diminuído, os olhos arregalados, o mouro fitava sem pestanejar o alto do espelho, onde via a imagem sorridente da esposa. Clara, elegante, rica e educada – como Cássio. Como Cássio, filha da mesma sociedade, da mesma cultura, do mesmo ambiente.

– São tão iguais... tão perfeitos... – gemeu, e perguntou-se, num fio de voz: – Por que Desdêmona escolheu a mim e não a Cássio?

E, de dentro de sua mente dilacerada, o monstro do ciúme, contemplando-o com os atentos olhos verdes, inspirou-lhe outra pergunta, que ficou igualmente sem resposta:

– E quem me garante que ela escolheu a mim?

Otelo espalmou as duas mãos sobre o cristal gelado e pôs-se a chorar como em toda a sua vida nunca havia chorado.

Capítulo XVII
Falsa prova

Enquanto Otelo se torturava com suas dúvidas, Iago congratulava a si mesmo por mais uma diabólica ideia, que acabava de ocorrer-lhe: forjar uma carta de Desdêmona para Cássio. Não tinha muita certeza de que o mouro se convenceria da infidelidade da esposa apenas pelo fato de seu lenço encontrar-se no alojamento do rapaz. Assim, achara mais prudente criar uma prova irrefutável da traição que inventara. E nada seria tão definitivo quanto uma carta. Só lhe faltava um modelo, algo escrito pela moça, para que pudesse copiar-lhe a caligrafia.

Depois de muito pensar, lembrou-se de que a jovem era muito hábil em fazer acrósticos. Certo dia, ainda em Veneza, quando se tomara de afeto por Emília, Desdêmona elaborara um desses poemas para a nova serviçal, a quem considerava amiga e confidente. Emília ficou tão contente com a homenagem que a mostrou a todo mundo, inclusive a Iago, antes de guardá-la numa caixinha de joias, como um autêntico tesouro.

Cuidadosamente, para não acordar a esposa, Iago levantou-se da cama e, pé ante pé, alcançou a arca junto à janela. As velhas dobradiças rangeram quando o alferes começou a erguer a tampa; ele se deteve, a respiração suspensa, atento a qualquer alteração no ressonar de Emília. No final de alguns instantes, todavia, convenceu-se de que o ruído não a despertara e acabou de abrir a arca. Em silêncio, pôs-se a remexer entre as várias peças de roupa, até que tocou uma superfície dura. Apalpou-a e, satisfeito, constatou que se tratava da caixinha procurada. Pegou-a com uma das mãos, deixando a tampa da arca aberta para mais tarde repor o precioso objeto no lugar; apanhou a lâmpada de azeite, que estava sobre a mesa de cabeceira, e saiu do quarto.

Dirigiu-se rapidamente para o gabinete do governador, onde, mesmo no escuro, muniu-se de tudo o que necessitava. Depois ficou parado um instante, pensando num lugar em que pudesse fazer o que planejara sem correr o risco de ser surpreendido por alguém. Como havia soldados de guarda nos quatro torreões, não poderia tentar deixar o castelo para embrenhar-se nos matagais distantes, onde, afinal, ficaria em condições precárias demais para conseguir os resultados desejados. Na parte habitada da construção também não poderia ficar; se o plano estivesse dando certo, como esperava, àquela hora o mouro devia estar insone e logo se poria a circular pelos salões. Iago sabia que Otelo tinha o hábito de andar a esmo quando alguma coisa o perturbava e estava convencido de que lhe havia dado motivos suficientes para fazê-lo caminhar quilômetros.

– A masmorra! – exclamou, encantado com a ideia de esconder-se no porão, destinado a prisioneiros que no momento não existiam em Chipre.

Atravessou um salão fracamente iluminado por duas tochas, enveredou por um extenso corredor e desceu quatro lances de escada, tateando com o pé o espaço de cada degrau. Só acendeu a lâmpada quando chegou ao porão.

A masmorra, úmida e fria, estava deserta: apenas ratazanas famintas correram alvoroçadas ao ruído de seus passos. Sem se incomodar com elas, o alferes olhou em torno, em busca de alguns utensílios que lhe facilitassem a execução de sua mais recente ideia. Achou uma pequena mesa, jogada num canto, que devia servir ao carcereiro. Pouco mais adiante, encontrou um tamborete, destinado, provavelmente, ao vigilante de presos. Carregou as duas peças para uma das celas, dispôs em cima da mesa os objetos que levava e sentou-se no tamborete oscilante.

Abriu então a pequena caixa de madeira. Ansioso para encontrar o que desejava, retirou sem a menor emoção o colar de pérolas que havia dado a Emília por ocasião do noivado e que constituía o único presente seu à mulher, em mais de seis anos de relacionamento. Em seguida, pegou dois medalhões baratos

com retratos de família, anéis de pouco valor, um broche e um bracelete de filigrana que Emília herdara da mãe. No fundo, encontrou um maço de papéis. Apanhou-o, soltou a fita que o prendia e desdobrou folha por folha: reconheceu as poucas cartas que enviara à esposa dos mais diversos campos de batalha, a maioria composta de recomendações referentes à organização doméstica e aos pagamentos a seus numerosos credores; identificou três orações copiadas certamente pelas freiras do convento onde Emília estivera na infância, e encontrou ainda uma longa missiva remetida pelo sogro quando este partira para Roma, a fim de receber uma herança o homem nunca mais voltara, pois bandoleiros o assaltaram no caminho, tirando-lhe tanto os modestos bens que transportava como a vida. Só então achou o acróstico assinado por Desdêmona. Estendeu o papel sobre a mesa e examinou a caligrafia atentamente, traço por traço.

– Como vou fazer um C maiúsculo, para "Cássio"? – perguntou-se, meio desanimado.

Estava a ponto de desistir da ideia, julgando que, afinal, era inviável, quando seu demônio inspirador lhe sugeriu uma solução salvadora: não precisava escrever o nome de Cássio. Podia usar o M para iniciar a carta com "Meu amor", por exemplo. Até obteria melhor efeito. De imediato, Iago apanhou uma folha em branco, preparou a pena e, como um escolar aplicado, começou a exercitar-se na reprodução da letra de Desdêmona.

Altas horas da madrugada, enquanto Otelo comparava sua imagem à do jovem tenente, Iago cotejava sua imitação com o original. E sorria, infernalmente feliz: parecia-lhe perfeita a mais ardente carta de amor que jamais escrevera em sua vida. Releu-a mais uma vez, com toda a atenção, e por fim assinou, caprichoso: "Desdêmona".

Capítulo XVIII
A grande intriga

A não ser os olhos, inchados e vermelhos, sublinhados por fundas olheiras que se sobressaíam na pele morena, nada mais traía a dolorosa insônia de Otelo. Seu porte continuava imponente e altivo, seus passos, largos e firmes, e seu rosto trazia estampada a mesma expressão austera e decidida.

Iago, entretanto, não se deixou esmorecer. Tinha planejado bem a estratégia para quebrar a extraordinária resistência física e moral de seu comandante. Sabia que o mouro era imbatível quando se tratava de guerrear com inimigos de carne e osso, como os turcos. Então, não havia noite em claro, perigo ou ferimento que o fizessem desanimar. Infinitas vezes vira-o emendar dias e dias, investigando o horizonte à proa de sua galera, na espreita do adversário. E nenhum sinal de abatimento transparecia em seu corpo esbelto e forte. Houve ocasiões em que o vira lutar sangrando na mão, no rosto, na perna, mesmo no peito, bem perto do coração, e nada fora capaz de minar sua energia. Frequentemente, após um combate encarniçado, o comandante ainda encontrava forças para cuidar dos soldados feridos, congratulá-los pela coragem, estimulá-los a novas pelejas.

Agora, todavia, a situação era muito diferente. A luta de Otelo era contra um inimigo abstrato e totalmente desconhecido. Nunca na vida o general se defrontara com aquele monstro de olhos verdes, filho legítimo da própria insegurança, e não sabia como enfrentá-lo. Estava perdido. Tinha todos os rumos diante dos olhos, mas não enxergava nenhum. E Iago, que há tantos anos o conhecia, percebia bem seu conflito interior, divisava todos os caminhos, porém continuava firme em seu intento de conduzir o mouro ao abismo.

— Bom dia, alferes — a voz de Otelo soou límpida e poderosa como de hábito.

— Bom dia, senhor — retribuiu Iago, cabisbaixo. Sem dispensar maior atenção à postura estranha de seu auxiliar, o general encaminhou-se para a escrivaninha, sentou-se e aguardou o primeiro documento do dia. Iago, entretanto, continuava parado no meio da sala, os olhos fitos no chão.

— Iago?... — Otelo chamou-o, impaciente.

O alferes estremeceu, fingindo-se assustado, e voltou-se para o chefe.

— Sim? Desculpe, senhor — murmurou, aproximando-se da mesa para iniciar sua tarefa.

Surpreso com a atitude do outro, sempre tão solícito e competente, Otelo ainda o observou por alguns momentos, em silêncio. Mas logo desistiu de entendê-lo e pegou o documento que lhe era entregue. Examinou o papel e, ao concluir a leitura, estendeu a mão, como de costume, para apanhar a pena; porém não a encontrou ao seu alcance.

— Mas, que diabo, o que é que há com você? — explodiu.

— Desculpe, senhor.

— Desculpe, desculpe... É só isso que sabe dizer? — esbravejou o governador. — E olhe para mim quando falo com você!

Iago obedeceu, mas em seguida baixou os olhos novamente. Parecia guardar um segredo terrível e temer denunciar-se.

— Qual é o problema, afinal?

— Nenhum, senhor...

— Como nenhum? Deixe de rodeios e fale de uma vez — ordenou Otelo, no auge da impaciência.

O alferes balançou a cabeça e pediu:

— Por favor, não exija de mim uma coisa que não posso fazer, meu general. Prefiro morrer a dizer o que quer que seja.

E, tapando o rosto com as mãos, desatou a soluçar ruidosamente. Na véspera, seu esforçado ensaio na masmorra, depois de ter forjado a carta, habilitara-o a um desempenho tão convincente que faria inveja a um ator profissional.

Cada vez mais irritado, Otelo afastou a cadeira e levantou-se, acercando-se do auxiliar, que parecia a ponto de desmoronar de aflição. Com um gesto ríspido, o governador tomou suas mãos, molhadas de lágrimas genuínas, e, descobrindo-lhe o rosto, perguntou:

– Ora, diga: afinal, o que é tão grave assim?

– Ah, meu general... – Iago lançou-se nos braços do chefe, mostrando-se no fim de suas forças. – É horrível...

Escandalizado com a fraqueza do alferes, a quem sempre vira lutar com bravura e cumprir todos os deveres sem nunca falhar, o mouro afastou-o com tanta veemência que por pouco não o derrubou.

– Controle-se – sibilou, a autoridade glacial da voz contrastando com a expressão enfurecida de seu rosto. – Não admito que um soldado meu perca a calma como uma mulherzinha histérica – completou, num sussurro.

A comparação aparentemente serviu para chamar Iago de volta a seus brios de guerreiro, porque ele se empertigou todo, parou de soluçar e tratou logo de enxugar as lágrimas na manga da camisa. Pelo visto, tinha valido realmente a pena o longo ensaio na masmorra, ainda porque a falta de sono irritara seus olhos de modo a fazê-los lacrimejar sem maior esforço de sua parte.

– E então? – insistiu o general, naquele tom que empregava quando queria deixar bem claro que não estava disposto a tolerar rodeios.

O alferes encarou-o, mostrando-se muito consternado, e começou a gotejar seu poderoso veneno:

– É... sobre... Cássio, senhor...

O nome do tenente fez Otelo estremecer. Era o mesmo que o monstro do ciúme havia soprado em seus ouvidos durante toda a noite, como o zumbido incessante de um pernilongo.

– O que há com Cássio? – perguntou por fim. – Pediu também a você para interceder em seu favor?

– Oh, não, senhor... – Iago tornou a baixar os olhos. – É... pior do que isso... – murmurou, quase num suspiro, mas claro o bastante para que Otelo ouvisse sílaba por sílaba.

O governador deu um passo à frente, cada vez mais intrigado e inquieto. Parecia-lhe evidente que seu auxiliar escondia algo muito grave.

– Do que se trata?...

Novamente Iago fingiu não querer responder, só para dar uma inegável aparência de verdade à revelação que ia fazer:

– Meu general... Não me peça que...

– Não estou pedindo, estou ordenando – Otelo interrompeu-o e, dando outro passo em sua direção, o mouro insistiu:

– O que tem Cássio?

O auxiliar respondeu de pronto, gaguejando um pouco para manter o clima de sua encenação:

– Cássio tem... tem... um certo lenço... um lenço de linho... amarelado pelo tempo...

À medida que falava, o alferes aprumava o corpo e retesava bem os músculos, pois esperava que, a qualquer momento, Otelo o agarrasse pela gola e o fizesse despejar o que sabia de uma só vez. E não estava enganado: ágil e feroz como um tigre, o mouro saltou sobre ele, mas, ao invés de pegá-lo pela gola, cravou-lhe os dedos no pescoço com tanta força que Iago, por um segundo, chegou a temer pela própria vida.

– Como sabe disso? – indagou Otelo.

O gemido que escapou da garganta apertada do alferes fez Otelo afrouxar a pressão o bastante para que ele falasse; porém não o soltou de vez.

– Eu vi, senhor – disse o outro, assim que conseguiu recuperar o fôlego.

– Onde? Como? Quando?

Diante daquele bombardeio de perguntas, não havia jeito de retardar a terrível revelação, mesmo que Iago quisesse. E ele não queria. Apenas para causar o efeito que planejara havia protelado tanto.

– Foi ontem à noite, meu comandante. Eu estava indo para meu quarto – relatou, ofegante – e, ao passar pela porta do dormitório de Cássio, ouvi um barulho esquisito, parecido com soluços, gemidos. Pensei que talvez ele estivesse passando mal e entrei. O tenente encontrava-se deitado de bruços na cama, chorando, e não me viu. Tinha o lenço na mão.

O mouro estava paralisado. O lenço que dera a Desdêmona como primeiro presente de amor, o lenço que fora de sua mãe e, antes, de sua avó, na mão de Cássio!

– E ele falava, senhor – continuou Iago, já certo de que suas palavras penetravam fundo a mente insegura do chefe.

Os olhos de Otelo pareciam prestes a saltar das órbitas.

– Falava... o quê? – balbuciou.

– Só isto: "Ah, Desdêmona... ah, querida... Por que tinha de ser assim...? Eu não queria que você sofresse por mim...".

As palavras de Iago tiveram o impacto de uma pancada, tal como ele havia previsto. Depois da cena no jardim, na manhã anterior, e da mentira de Desdêmona com relação à presença de Cássio na esplanada, contar que o tenente chorava pela prima, segurando o lenço que Otelo dera à mulher, não poderia causar na alma do mouro senão uma revolução.

Mudo, atônito, o general deixou pender os braços ao longo do corpo e recuou, como se estivesse frente a frente com o monstro invisível que o perseguia desde a véspera.

– Não... não acredito nisso... – murmurou no fim de alguns instantes, balançando a cabeça. – Não acredito... – repetiu mais alto, aproximando-se novamente do auxiliar.

– É a pura verdade, senhor. E só Deus sabe como me custou dizê-la – Iago mentiu, com ar angustiado.

– Pois prove! – exigiu Otelo, num grito selvagem. – Prove, ou eu matarei você como se mata um cão raivoso! – ameaçou, erguendo as mãos crispadas como se fosse estrangular o outro.

Iago ainda se fingiu assustado, porém sabia que o perigo havia terminado. O governador agora precisava dele para dirigir-se ao que pensava ser a prova da traição de Desdêmona.

– A prova... deve estar no alojamento de Cássio... – explicou.
– Então vamos lá. Quero ver por mim mesmo.
Otelo rapidamente se pôs a caminhar rumo à porta. Iago, entretanto, correu em seu encalço e, antes que ele tivesse tempo de colocar a mão no trinco, segurou-o pelo braço.
– Não agora, senhor. Alguém poderia nos ver.

A observação fez o mouro retomar a consciência de que ainda era o chefe supremo de Chipre: não poderia, portanto, espionar no quarto de quem quer que fosse, como uma comadre curiosa. Mas de que outra maneira conseguiria comprovar a denúncia de Iago?

Percebendo que o comandante hesitava, o alferes tratou logo de induzi-lo a agir em seu favor:
– Na hora do almoço, Cássio estará no refeitório, com os outros. Então poderemos ir até o quarto dele sem que nos vejam e procurar à vontade – sugeriu.

A proposta enojava Otelo, habituado que estava a agir às claras, sem meandros nem trapaças. O ciúme, no entanto, tão bem cultivado por Iago, falava mais alto que a dignidade. E o mouro cedeu.

Capítulo XIX
Uma carta apócrifa

Não havia muito o que remexer no pequeno quarto de Cássio. Em alguns minutos, os dois homens vasculharam, palmo a palmo, o armário de uma só porta, encostado a uma das paredes laterais, onde só acharam peças de farda e três ou quatro livros, cujos títulos não se preocuparam em examinar. A arca, postada aos pés da cama, parecia, a princípio, esconder algum segredo; todavia, não tardaram a verificar que o maço de papéis, encontrado sob lençóis novos e roupas de dormir, se resumia em cartas saudosas do banqueiro florentino, rascunhos de poemas e bilhetes das poucas mulheres que teriam marcado a vida sentimental do jovem sedutor.

– Nada! – Otelo exclamou, entre aliviado consigo mesmo e enraivecido com Iago, que lhe causara tanta aflição desnecessariamente.

– Ainda não acabamos – replicou o alferes, aproximando-se da cama.

O mouro seguiu-o e levantou a coberta; Iago pegou os dois travesseiros e sacudiu-os no ar, batendo-os energicamente um contra o outro. Então, de dentro de uma das fronhas, caiu o lenço, que ele próprio havia colocado ali, no dia anterior, enquanto Cássio, rebaixado a soldado raso, almoçava com seus pares no refeitório do castelo.

O governador abaixou-se e, com a mão trêmula, apanhou o pequeno quadrado de linho, todo amarrotado. Sem dizer uma palavra, ficou olhando-o durante algum tempo, como para certificar-se de que se tratava do lenço de Desdêmona, o mesmo que fora de sua mãe e de sua avó e que carregava em seus fios a história de três amores.

A seu ver, não havia como negar o fato insuportável de que Desdêmona já não o amava, se é que o havia amado algum dia. Ela não só conhecia bem o significado do lenço, como acreditava em seu poder mágico; se o dera a Cássio, fora porque desejava livrar-se do marido sem correr o risco de enfrentar consequências funestas para si mesma e para seu amante. Pacificamente, com sua suposta força sobrenatural, o linho tecido pela cigana se encarregaria de afastar Otelo de sua vida, deixando-lhe o caminho aberto para que se unisse a Cássio.

A conclusão fez o mouro levantar-se de súbito e correr para a porta. Antes que saísse, porém, Iago o chamou, noticiando uma nova descoberta:

– Há mais uma coisa, senhor. Uma carta.

Quando Otelo se voltou, uma expressão terrível no rosto bronzeado, o alferes apresentou-lhe a folha de papel que tirara do bolso e pusera embaixo do lençol enquanto o outro estava entretido em elaborar seu equivocado raciocínio.
– É de Desdêmona – Iago fingia-se mortalmente desolado. – Tomei a liberdade de desdobrar o papel e examinar o conteúdo, para ver se podia ser de seu interesse, senhor.

Fora de si, o mouro arrebatou-lhe a carta e tentou enfocar as palavras que dançavam diante de seus olhos injetados de sangue. Teve de fazer grande esforço para conseguir ler:

"Meu amor

É com imensa alegria que lhe digo: nossos planos correm da melhor maneira possível. Acredito que o lenço realmente possui algum feitiço, porque, desde que o entreguei a você, o mouro tem-me tratado com frieza e, excepcionalmente, chegou mesmo a ser rude comigo em várias ocasiões. Imagine... logo ele, que costuma tratar as mulheres na palma da mão... Assim que o lenço completar sua obra, isto é, afastá-lo de mim, o que, espero e creio, acontecerá em breve, estarei livre para partir com você, sem vínculos e sem preocupações. Meu marido me libertou de meu pai, a cigana feiticeira me libertará dele e nós dois seremos felizes para sempre. Ah, meu adorado, não vejo a hora em que isso aconteça... Mas, até lá, devemos ser discretos, para não levantar a menor suspeita. É preciso tomar todo o cuidado: o mouro é muito desconfiado, não podemos deixá-lo perceber nada; do contrário, todos os nossos planos irão por água abaixo. E isso é a última coisa que desejo na vida. Acredite, meu querido, sou capaz de morrer sob tortura, mas não suportaria perder você nunca, nunca...

*Eternamente sua,
Desdêmona."*

Era a resposta à pergunta que Otelo fizera a si mesmo diante do espelho, em sua longa noite de insônia. E tinha tamanha força que nem lhe permitia perceber que a caligrafia, embora bastante parecida, não era exatamente igual à de Desdêmona. E muito menos que as frases começavam com E, M, I, A, quando seria mais natural que se iniciassem também com outras letras. E, ainda, que o estilo, apesar de ardente em algumas passagens, era duro e seco, muito distinto da maneira suave pela qual a esposa costumava dirigir-se a qualquer pessoa. E, finalmente, que o plano ali revelado, com seu sórdido objetivo, jamais poderia ter passado pela cabeça de Desdêmona.

O olhar desvairado do general ergueu-se do papel, passou pelo alferes sem vê-lo e percorreu o quarto. Percebendo que ele procurava uma arma, pois não tinha o hábito de portar nenhuma quando se encontrava dentro do castelo, Iago habilmente deixou cair o punhal que trazia à cinta. E teve a extrema satisfação de ver o chefe curvar-se diante de seus pés para recolher o instrumento mortal.

Empunhando a arma que jamais saberia dizer como surgira de repente em sua mão, tão transtornado estava para notar a manobra de Iago, Otelo apressadamente deixou o quarto. O alferes, exultante, demorou-se alguns minutos recolocando no lugar os pertences de Cássio. Depois correu no encalço do comandante. Precisava mostrar a todos que se esforçara para evitar a tragédia. Mas, acima de tudo, queria estar presente no final da última cena, para aplaudir-se intimamente pelo sucesso de sua trama.

Capítulo XX
Mau pressentimento

Desdêmona tinha reservado aquela manhã para ir à vila de pescadores, a parte mais populosa e também mais pobre de Famagusta, capital de Chipre na época. Durante todo o tempo, distribuía sorrisos e atirava beijos aos ilhéus, que, vestidos em suas melhores roupas, cumulavam-na de presentes. Conchas nacaradas, em adornos solitários ou enfiadas em colares, pérolas colhidas no seio das ostras, pentes esculpidos em ossos de grandes peixes, guirlandas e ramalhetes de flores perfumadas demonstravam que a estreia da primeira-dama junto ao povo fora aguardada com carinho e agora era coroada do mais completo êxito.

Por trás de seu sorriso gentil, a jovem escondia, no entanto, um mundo de aflições e perguntas angustiadas, que não ousava confidenciar nem mesmo a Emília, sua fiel companheira. Notara, aliás, há dias, que a aia também estava preocupada, imersa em problemas que não conseguia dissimular, apesar de seus esforços para mostrar-se alegre e simpática. Desdêmona, todavia, nada lhe perguntava, pois, se o fizesse, estaria de certa forma autorizando-a a cobrar-lhe confidências que não queria e não podia fazer. Quando convivera estreitamente com Emília, ainda em Veneza, não hesitara em contar-lhe episódios de seu namoro com Otelo e em confiar-lhe suas apreensões pela sorte do marido na última expedição contra os turcos. Mas falar-lhe de problemas conjugais, desvendar-lhe as nuvens que escureciam sua felicidade parecia-lhe uma espécie de traição: por mais que ela procurasse ser objetiva em seu relato, a aia acabaria achando Otelo injusto. E Desdêmona não queria que seu marido fosse acusado de nada por ninguém.

Naquela manhã, estava tão envolvida nos próprios

pensamentos que Emília precisou beliscá-la para que ouvisse as palavras que lhe dirigia um dos pescadores, aparentemente o líder da vila.

– E aqui guardamos nossos apetrechos de trabalho – o homem explicou, apontando para rolos de corda, arpões, redes e outros utensílios de pesca, arrumados num enorme galpão de madeira.

– Muito interessante – comentou a primeira-dama, fingindo prestar atenção no que ele dizia.

Desdêmona esforçava-se para concentrar-se nas explicações, porem não conseguia fixar-se por muito tempo. Logo seu pensamento voava para a véspera, quando, por diversas vezes, procurara aproximar-se de Otelo a fim de falar-lhe sobre Cássio. Mas o marido, invariavelmente, a afastava com palavras rudes. À noite, quando se encontraram na intimidade de seu quarto, ao invés de tomá-la nos braços com ardor, como fizera nas noites anteriores, ele rapidamente trocara de roupa e jogara-se na cama. Contudo, não adormecera logo, como pretendia: atenta à sua respiração, Desdêmona percebera a grande dificuldade de Otelo em conciliar o sono. Aconchegara-se a ele, para fazer-lhe um carinho, arrancar-lhe um desabafo, mas o esposo a repelira com aspereza, sem dizer-lhe nada.

Alguma coisa não ia bem, mas a jovem senhora não conseguia descobrir o que era. Sempre se comportara de maneira sensata e discreta, sempre fora apaixonada e leal; não merecia, portanto, aquele tratamento ríspido.

"Preciso achar o lenço", pensou, pela primeira vez atribuindo a estranha mudança no comportamento do marido ao fato de ter perdido o pequeno quadrado de linho.

Lembrava-se de que o usara para enxugar o suor no rosto de Otelo e de que ele o lançara longe, irritado. Voltara depois ao gabinete para procurar o lenço e não o achara. Vasculhara por toda parte em que havia andado – na esplanada, no salão, nos corredores, no quarto – e não encontrara o primeiro presente que recebera do amado.

"Ninguém iria roubá-lo; ninguém iria fazer tamanha maldade", dizia para si mesma. "É um pedaço de pano... Não tem valor algum para ninguém, a não ser para nós dois..." E debatia-se em mil conjeturas, cada vez mais responsabilizando o lenço, que acreditava mágico, pelo afastamento repentino do marido. Ocorreu-lhe então uma hipótese tranquilizadora: quem sabe o próprio Otelo tivesse achado e guardado o lenço, e agora agia assim para puni-la pelo descuido; quando julgasse que o castigo era já suficiente, devolver-lhe-ia a prenda e tudo voltaria a ficar bem, como sempre.

Mas, se era assim, por que razão Otelo estava tão perturbado? À noite, saíra da cama e não voltara mais a deitar-se. Desdêmona, embora cansada e aflita, também não conseguira adormecer e percebera quando o marido deixara o quarto, procurando não fazer barulho. Tivera o impulso de segui-lo; porém, diante de todas as rejeições que sofrera ao longo do dia, controlara-se, pensando que ele voltaria em seguida, tão logo se livrasse, com suas caminhadas, do problema que o atormentava. Com essa esperança, a moça finalmente mergulhara no sono. Ao despertar, às primeiras luzes da manhã, estendera a mão para afagar o rosto do amado e esbarrara no travesseiro vazio. Será que também essa ausência fazia parte do castigo que ele lhe impunha por ter-se descuidado do lenço?

– Que Deus a proteja, senhora!

Os votos dos ilhéus, expressos em altas vozes, trouxeram-na de volta ao presente. Desdêmona olhou ao redor, como se acordasse de um sono profundo, e verificou que estava à cabeceira de uma mesa comprida, armada junto ao mar, enfeitada de flores e conchas. Homens, mulheres e crianças sorridentes erguiam no ar suas canecas de vinho e aguardavam que ela retribuísse o brinde.

– E que também proteja vocês todos, a ilha de Chipre e o nosso querido governador – conseguiu dizer, esperando, de todo o coração, que seu voto fosse atendido.

O almoço pareceu-lhe a cerimônia mais longa de que já participara em sua vida. Sabia que era o último item de seu programa naquela manhã e queria que tudo terminasse logo, para poder retornar ao castelo, procurar o marido, pedir-lhe perdão e cobri-lo de beijos.

"Ah, com certeza ele já me perdoou e vou ser feliz de novo", pensou. E este bom pensamento deu-lhe força nova para concluir o derradeiro compromisso de sua primeira visita oficial ao povo de Chipre.

Capítulo XXI
Ciúme fatal

De volta ao castelo, Desdêmona correu a procurar o marido em todos os lugares onde ele poderia estar àquela hora. Porém não o encontrou em parte alguma.

– Sabe onde está o governador? – perguntou a um soldado que cruzava o corredor externo, rumo ao torreão da guarda.

– Não, senhora. Mas deve estar almoçando.

Só então Desdêmona se deu conta de que, no castelo, o almoço era servido bem mais tarde do que na vila de pescadores. Dirigiu-se ao salão onde fazia as refeições com o esposo; todavia, encontrou a mesa intata, a travessa fumegante coberta com a tampa, a jarra de vinho junto à taça absolutamente limpa, o prato sem vestígios de ter recebido qualquer tipo de comida.

Um mau pressentimento lhe ocorreu; contudo, ela o afastou de imediato, lembrando-se de que Otelo não havia dormido na noite anterior. Com certeza ele havia ido descansar após o expediente da manhã e acabara dormindo, tendo se atrasado para o almoço. Reconfortada por essa ideia, ganhou o rumo do corredor e encaminhou-se para o quarto. Não chegou, porém, a caminhar dez passos e Otelo surgiu: o punhal na mão direita, o lenço e a carta na esquerda, os olhos vermelhos, a boca crispada, a respiração ofegante. Ao vê-lo, Desdêmona parou, estupefata, e, antes que pudesse dizer qualquer coisa, sentiu a lâmina fria e fina penetrar-lhe o peito.

– Otelo... gemeu, caindo sem vida.

O mouro ficou parado, segurando a arma de seu crime e as falsas provas do crime da esposa. Contemplava o rosto de Desdêmona, imobilizado para sempre numa expressão de espanto e pavor.

Nesse momento, Emília apareceu na outra ponta do corredor. Ao deparar com o quadro horrível, deteve-se por um segundo, assustada, mas logo recuperou a coragem e aproximou-se depressa:

– Oh, não... não...

A aia ajoelhou-se ao lado da patroa e abraçou-a tão estreitamente que suas próprias roupas ficaram ensanguentadas. Otelo apenas olhava, talvez sem ver.

Os soluços de Emília chegaram aos ouvidos de Montano, que caminhava pelo corredor externo, não longe dali, e em alguns instantes o capitão estava também diante da triste cena. Pouco depois surgiu Iago, ofegante por ter corrido, supostamente na tentativa de impedir o mouro de cometer a loucura para a qual trabalhara com tanto esforço e astúcia. Os dois homens ficaram mudos, olhando para Desdêmona e Otelo que, por fim, parecendo recobrar a consciência, num fiapo de voz declarou, sem necessidade:

– Fui eu que a matei.

A confissão fez os outros recuperarem a fala.

– Mas... por quê? – gaguejou Montano.

– Ela me traía... com... Cássio! – o governador completou, avançando na direção do tenente, que acabava de assomar ao corredor.

Montano e Emília rapidamente saltaram sobre Otelo e, agarraram-no pelos braços, com toda a força que tinham. Era evidente, porém, que, sozinhos, não conseguiriam segurá-lo por muito tempo. Precisavam de ajuda. Iago, mesmo contra a vontade, achou-se na obrigação de colaborar. Seu plano corria o risco de não se completar, pois incluía a morte de Cássio; no entanto, se não participasse daquela ação, acabaria por denunciar seu desejo de sangue.

– Que loucura! – exclamou o tenente, acercando-se do corpo inanimado da prima. – Desdêmona amava o senhor, general, desde o momento em que o conheceu. O senhor foi seu primeiro e único amor!

– Mentira! Vocês me usaram! – gritou o mouro, debatendo-se furiosamente entre as mãos que o prendiam. – O casamento não passou de um plano para ela sair da casa do pai e continuar esse romance sujo com você. Está aqui... eu li... – continuou, tentando estender para os outros as provas da traição. – Primeiro ela lhe deu o lenço, achando que com isso me afastaria. Depois escreveu a carta, contando que o plano avançava bem. Está tudo aqui... Veja! Vejam todos!

Balançando a cabeça, inconformado, Cássio aproximou-se mais do comandante e apanhou os objetos que segurava.

– Mas... onde estava isso?... – balbuciou, pousando em Otelo um olhar carregado de angústia.

– Ainda pergunta? – o general contorcia-se como uma fera amarrada. – Estava em seu quarto.

– Mas... como?

Cássio não entendia como aquelas coisas teriam ido parar em seu quarto. Entretanto, na cabeça de Emília, o enigma principiava a desvendar-se rapidamente.

– Foi Iago quem pôs isso lá – declarou a mulher, com firmeza.

– Cale a boca! – o alferes cochichou-lhe ao ouvido, soltando uma das mãos com que prendia o chefe para torcer o braço da esposa com tanta força que ela soltou um grito de dor.

– Deixe-a falar! – protestou Montano, investindo-se da autoridade suprema que lhe cabia no impedimento de Otelo e de Cássio.

A contragosto, Iago soltou a mulher, que, massageando o braço dolorido, iniciou sua explicação:
– Iago achou o lenço no gabinete do governador ontem, na hora do almoço.

Imediatamente, Otelo lembrou-se de que Desdêmona tentara enxugar-lhe o rosto suado com o velho lenço de linho, porém ele o arrebatara de sua mão e o atirara longe. Um vago pressentimento de que havia sido vítima de uma intriga começava a configurar-se em sua mente.

– Eu vi quando esse demônio o pegou – Emília continuou, entre soluços. – Pedi que o entregasse a mim e ele me bateu. Então ameacei contar tudo ao general. E, apesar de esse monstro ter dito que faria o lenço voltar a Desdêmona, deixando-me passar por louca e mentirosa, resolvi levar adiante meus propósitos. Mas o senhor Otelo esteve ausente durante a maior parte da tarde e depois, quando voltou, não consegui falar com ele a sós, por mais que me esforçasse. Iago estava sempre a seu lado, como a sombra maligna que é.

– De fato, ontem o governador foi ver as fortificações – atestou Montano. – Eu o acompanhei e a vistoria prolongou-se por várias horas.

Agora o mouro se recordava de que, na tarde anterior, tendo voltado da visita às obras, notara que Emília rondava o gabinete, parecendo muito inquieta. Pensava que ela queria falar com o marido sobre algum problema doméstico e até propusera a Iago que saísse um momento para atendê-la. O alferes, entretanto, retrucara que não poderia tratar-se de nada tão sério que não pudesse esperar. Diante disso, Otelo resolvera ignorar a presença da aia e concentrar-se em suas obrigações.

– Enquanto o nosso governador esteve fora, decidi vigiar essa peste – retomou Emília.

– Vigiar?! – Iago estava surpreso e enfurecido.

– Isso mesmo! Vi quando você foi para o alojamento dos soldados, na hora do almoço. Vi quando entrou no quarto de Cássio. Esperei que saísse para verificar o que você tinha feito. Mas então escutei passos no corredor e fugi, com medo de ser apanhada bisbilhotando... Ah, como me arrependo...
– Então foi isso? – Cássio deixou escapar um sussurro. – Agora me lembro...

Ficou pensativo um momento, olhando para a aia, e por fim explicou:

– Ontem, quando fui até o quarto apanhar um casaco, vi uma barra de saia virando a escada. Fiquei intrigado e decidi investigar. Mas, ao chegar perto, já não havia ninguém.

Montano também se lembrou de um fato que contribuía para comprovar o depoimento de Emília:

– E eu esbarrei com Iago, que vinha dos alojamentos. Achei estranho, porque, àquela hora, ele deveria estar voltando do refeitório, na direção contrária. No entanto, não dei maior importância ao caso; julguei que talvez tivesse ido lá tratar de algum assunto particular, ou mesmo cumprir uma determinação qualquer do governador.

Todos se voltaram para o mouro, como a dizer-lhe, com profunda compaixão, que ele realmente se vira enredado numa trama perversa e cometera um crime gratuito e injusto.

– Mas... a... carta... – gemeu Otelo, olhando para a mão de Cássio. – Desdêmona a escreveu...

Emília largou-o de súbito e apoderou-se do papel, que leu com avidez.

– Agora entendo! – exclamou, cada vez mais horrorizada. – Então foi para isso que você mexeu na arca ontem à noite! – gritou, agitando a folha diante do rosto pálido do marido. – Foi para isso que se escondeu na masmorra! Maldito! – e começou a esmurrar o peito de Iago com as duas mãos cerradas.

– Explique-se – ordenou Montano.

A mulher procurou controlar-se para poder obedecer ao capitão:

– Eu estava quase pegando no sono, quando ouvi um barulho. Era Iago, que mexia na tampa da arca. Temendo que eu acordasse, parou, mas, como fingi que dormia, recomeçou. Em seguida, percebi que esse miserável tirou um objeto de lá; depois se aproximou da cama, pegou alguma coisa na mesa de cabeceira e saiu. Levantei-me, acendi uma vela, pois ele tinha levado justamente a lâmpada de azeite, e fui atrás dele, escondendo-me pelos cantos. Vi então quando este canalha deixou o gabinete do general, com papel, pena e tinta, e dirigiu-se para o porão, carregando também minha caixinha de joias, que ele havia retirado da arca. Eu o segui, sempre de longe. Iago escondeu-se numa cela, colocou a caixa de joias em cima de uma mesinha e tirou tudo de dentro, inclusive um maço de papéis. Desdobrou um, pondo-o na sua frente, e passou a escrever. Fiquei lá muito tempo, sem poder ver o que era, porque não tive coragem de me aproximar. Esse monstro seria bem capaz de me matar, e ninguém jamais tomaria conhecimento disso. Pelo que me disseram, faz anos que não vai vivalma à masmorra... Ah, se eu não tivesse tido tanto medo... Ah, minha ama que me perdoe...

Emília escondeu o rosto entre as mãos e entregou-se a um choro desesperado, que fazia todo o seu corpo estremecer. Os homens aguardavam, em silêncio, que ela conseguisse dominar-se o bastante para continuar seu relato.

– Voltei para a cama – retomou por fim. – Hoje de manhã, logo depois que essa peste saiu, fui vistoriar a caixinha, que sempre guardo no canto direito da arca, lá no fundo. Pois estava mais ou menos no meio, sinal de que ele a tinha mesmo tirado, eu não me enganara. Além disso, o acróstico que a senhora Desdêmona fizera para mim, ainda em Veneza, também estava fora de lugar. Então...

Perplexa com a hipótese que acabava de ocorrer-lhe, Emília interrompeu-se pela segunda vez e, respiração suspensa, voltou a examinar a carta, com a maior atenção possível naquelas circunstâncias. Ao cabo de alguns momentos, de muita tensão para todos, exclamou:

– Vejam! Vejam! – estendeu o papel diante dos olhos de cada um. – As maiúsculas que usou fazem parte de meu nome. Vejam! E, M, I, A... Só mudou a ordem e foi repetindo... E faltou o L...

Depois de certificar-se de que os quatro homens, sobretudo Otelo, haviam notado a incidência das quatro letras no início das frases, Emília observou novamente a carta.

– E... a caligrafia... É parecida, mas não é igual à da senhora Desdêmona... Olhe, general! – ela ergueu a folha para que Otelo visse e foi apontando, à medida que falava. – A patroa não corta o *t* desse jeito... e faz um *a* mais redondo ... o *l* mais aberto... Conheço bem a letra dela. E o senhor também conhece... – fitou o mouro com os olhos transbordantes de lágrimas e de piedade. – Oh, como pôde se deixar enganar desse jeito? Como foi que não percebeu? É tudo tão falso...

Era verdade. Emília tinha razão. O general de mil batalhas, de triunfos e glórias, de estratégias invencíveis, havia-se deixado enganar por truques grosseiros. Otelo soltou um longo suspiro e deixou a cabeça altiva pender, desalentada, sobre o peito. Já não parecia merecer o título de "soberbo guerreiro" e em nada lembrava o Leão de Veneza. Ao contrário, mostrava-se tão abatido e inofensivo que os homens acabaram por soltá-lo.

– Suas armas, alferes – Montano estendeu a mão e esperou que o verdadeiro autor do crime lhe entregasse a espada e o punhal. Iago só tinha a espada. – Seu punhal? – quis saber o capitão.

Sem obter resposta, Montano olhou para Otelo e de imediato compreendeu que a arma na mão do mouro pertencia ao alferes.

– Perdão, meu general – fez o velho, cerimoniosamente –, mas, na qualidade de capitão-mor de Chipre, tenho o dever de prendê-lo.

Com muito esforço, como se carregasse toneladas dentro do cérebro, Otelo ergueu a cabeça e fitou Montano com um olhar imensamente triste.

– Quero pedir um favor... – murmurou.
– Diga, meu general.
– Quero pedir a todos – fez um gesto largo com a mão, que ainda segurava o punhal – que, depois que eu for executado por este crime sem motivo e sem perdão, falem de mim com... benevolência... porque... porque também fui vítima... Quero que contem minha história... e digam que só amei uma vez na vida, muito, muito... Mas, para minha desgraça, não soube amar...

O general silenciou por um instante, olhando para Desdêmona. No corredor, o único som que se ouvia era o dos soluços sufocados de Emília.

– Quanto às minhas façanhas de guerreiro, todo mundo as conhece – prosseguiu, com a voz completamente rouca. – Não precisam falar delas. Mas há uma apenas, uma que ficou esquecida e eu gostaria que contassem.

Otelo respirou fundo e encarou cada um dos presentes, antes de expor o fato:

– Um dia, andando pelas ruas da cidade de Alepo, na Síria, encontrei um cão raivoso, que amedrontava a população. Então... para salvar aquela gente... agarrei o animal pelo pescoço... e... matei-o... assim...

E, antes que alguém pudesse pensar em detê-lo, ergueu o punhal com ambas as mãos e cravou-o mortalmente na garganta.

QUEM É HILDEGARD FEIST?

Hildegard – ou Hilde, como é chamada pelos amigos – nasceu em São Paulo, formou-se em Letras Neolatinas pela USP, estudou Sociologia da Comunicação em Washington, Estados Unidos, e, de volta ao Brasil, dedicou-se primeiramente à editoração de fascículos e depois à tradução de livros e à elaboração de adaptações de clássicos da literatura e de textos paradidáticos.

Seu desempenho profissional ao longo de mais de trinta anos de carreira tem dois traços principais: perfeccionismo e seriedade. Do mesmo modo, quem a conhece logo lhe atribui duas características fundamentais: talento e modéstia.

Uma de suas grandes paixões é a música, mais precisamente a ópera. Para assistir a uma temporada lírica, Hilde é capaz de viajar milhares de quilômetros – é por isso que, sempre que pode, vai à Europa ou à América do Norte. Mozart é seu compositor predileto. Todas as óperas baseadas em peças de Shakespeare despertam seu interesse: é o caso, por exemplo, de *Otello*, do italiano Giuseppe Verdi.